某天成為公主

WHO MADE ME A PRINCESS?

어느 날 공주가 되어버렸다

NOVEL EDITION

IV

AUTHOR. PLUTUS

ILLUST. SONNET

WHO MADE ME A PRINCESS
某天
成為公主
WHO MADE ME A PRINCESS?
CONTENTS

CONTENTS

Chapter XIV 十五歲的尾聲和十七歲

「您有什麼煩惱嗎？」

一道清澈的嗓音飄進耳中，克洛德從沉思中回過神來。他的視線微微偏移，坐在桌子對面凝視著他的珍妮特頓時映入眼簾。

「父皇看起來不太開心，讓我有點擔心。」

正如珍妮特所說，她凝視著克洛德的神色看起來相當黯淡。看到她的模樣，克洛德對沉浸在無謂思緒中的自己感到不滿。

「您心中是否有什麼擔憂呢？」

「沒有，這些問題根本不值得費心。」

「也就是說，確實有些事情干擾了父皇的心情。」

儘管克洛德一如既往地漠然，但珍妮特向來擅於察言觀色。

克洛德無意中再次想起了方才遇到的那張臉。

他在前往綠寶石宮與珍妮特共進下午茶的途中，偶然遇到了阿塔娜西亞。

——我該怎麼做，您才會愛我呢？

一回想起眼中含淚、站在遠處凝視著他的孩子，不久前聽到的哀求又開始在克洛德腦海中迴盪。

——只要變得像珍妮特一樣就可以了嗎？那樣的話，您就願意愛我了嗎？您會像對待珍妮特那樣，溫柔地喚著我的名字，並用溫暖的眼神望著我了嗎？

——直到我死，那種事都不可能發生。

——為什麼呢？我也是父皇的女兒啊。比起珍妮特，我陪在您身邊的時間更久更長啊。

面對在他面前潸然淚下、苦苦哀求的阿塔娜西亞，克洛德冷酷地回答。

——愚蠢的東西。我從未把妳當成我的女兒。

那一刻，她露出了如同窒息般的表情。克洛德的話對她來說非常殘忍，但即使時間倒流，他一定也會毫不猶豫地重複同樣的話。

看著第一次對他坦露內心的那個孩子，克洛德也是第一次直白地將心中所想脫口而出。因此，無論那個孩子受傷與否，都與克洛德無關。

對，明明應該是這樣……但為何那雙黯淡的眼睛會如此深刻地烙印在心中。珍妮特看著陷入不安情緒並皺起眉頭的克洛德，好奇地歪了歪頭。

儘管這位心地善良的女孩不知道是什麼讓她父皇的心情變得如此沉重，但她想盡可能減輕他的煩憂。

「如果那是一個讓您感到不舒服的問題，不如當它從未發生過，將那件事遺忘也是個不錯的選擇。」

珍妮特的話讓克洛德的視線轉向前方。

她頂著一張天使般純潔無瑕又可愛的臉蛋繼續說道。

「或是您可以從根本上消除問題的根源。」

手放在茶几上的克洛德聽到這句話，不自覺停頓了一下。

「沒想到妳會提出這麼激進的解決方法。」

珍妮特撅起嘴巴，裝出有些生氣的模樣。

「那又怎樣？父皇，這樣的表情不適合您。我一直很期待這次的茶會，難道您就只願意給我看這麼嚴肅的表情嗎？我幫您倒杯茶吧。我泡的利沛茶可是越來越好喝了喔。」

珍妮特拿起茶壺，將裡面的液體倒入杯中。不久後，一杯熱騰騰的利沛茶被擺到克洛德面前。

「請享用。這杯茶會讓您的煩惱瞬間消失的。」

聽著珍妮特的調侃，克洛德只是笑了一下，並發出輕微嘆息。這種茶在這個世界上並不存在，但他顯然被面前這個人的心意感動了，並沒有再多說什麼。克洛德拿起茶杯，抬頭看向珍妮特對他展露的笑容。

奇怪的是，他的心情慢慢變得平靜。聽起來有些奇怪，但每當他與珍妮特面對面，他總能感覺到心中的煩惱漸漸消散。對，讓煩惱就這樣消失不見吧，或者就像剛才這個人所說，將問題的根源徹底從眼前消除也不錯。

當然，珍妮特並不知道讓克洛德心情不悅的對象正是阿塔娜西亞。

「茶的味道如何呢？我的技術進步了不少吧？」

「還可以，不算太差。」

「哼，您就不能直接說好喝嗎？」

克洛德一邊想著，一邊再次傾斜茶杯。

——《可愛的公主殿下》第九章 風暴前夕

❖
❖
❖

「真的是爸爸嗎？」

「嗯。」

克洛德的記憶回來了。

意識到這個事實的瞬間，我情不自禁落下眼淚。我也沒想到自己會這樣，但當克洛德用與昨天截然不同的眼神看向我時，淚水就像等待已久般潰堤而出。即使他試圖安慰並撫摸著將臉埋進他胸口的我，激動的啜泣也沒有停下，反而越發激烈，讓他不禁有些困惑。

「別哭了。」

他對著彷彿家破人亡、流離失所般嚎啕大哭的我說道。我甚至無法確定這是不是我的錯覺，但他說話的語氣與失去記憶的克洛德完全不同。

「爸、爸爸嗚嗚嗚……」

「妳的眼淚讓我的胸口都濕透了，很不舒服。」

克洛德的衣襟被眼淚浸濕，但淚水還在瘋狂滾落。我眼神埋怨地看向他。吼，就算這樣，你一定要在這種感人時刻說出這種話嗎？

「嗚嗚，我現在……嗚嗚，是因為誰才哭的？」

我哽咽的聲音讓克洛德撇了撇嘴。

「所以才叫妳別哭了。」

他冷漠的語氣讓眼淚更加失控，我依偎在他懷中，而他溫柔地整理著我凌亂的髮絲。方才略顯無措的動作雖已恢復如常，但我還是從他的眼神中看到了些許動搖，或許，他並沒有像表面上看起來那樣平靜。粗糙的手掌溫柔地給予安慰，害我忍不住哭得更厲害了。

「我想你了。」

聽到我哽咽的呢喃，克洛德的手突然停了下來，表情亦變得有些奇怪。

「我想你了，爸爸。」

我忍不住又說了一次，隨後便緊緊抓著他的衣服繼續嗚咽。好似害怕眼前的人會突然消失，縱然那句如幻夢般的「我也是」在耳邊輕輕響起，哭泣仍舊無法止息。

❖❖❖

石榴宮再次湧入御醫和宮廷魔法師。經過一系列檢查之後，他們紛紛驚嘆地表示克洛德的身體不僅完全恢復正常，甚至還驚人地處於最佳狀態。雖然此前也沒有到危及性命的程度，但直到昨天都還不太穩定的魔力卻恢復如初，整體魔力也增加許多。那些知道克洛德狀況的人——特別是一直在為我擔心的綠寶石宮的侍女們——在聽到這個令人高興的消息後，幾乎陷入了舉辦慶典的氛圍當中。

「哇，妳的臉真的很誇張。」

看到雙眼腫得像金魚的我，路卡斯笑著開口。

此刻他正躺在我的房間，愜意地吃著桌上的餅乾。看著他這般悠閒自得的模樣，絲毫沒有半點從遠方歸來的風塵僕僕。還以為他昨晚去了其他地方，原來是待在我房間啊。

難道是為了成全我和爸爸感人的團圓，故意躲起來的嗎？

我的臉看起來一定很糟。我揉著眼睛，斜瞄了路卡斯一眼。他一邊吃著餅乾，一邊靜靜凝視著我，隨後把半空的盤子隨意往旁邊一推，惡作劇般笑了起來。

「妳應該感謝我吧？」

雖然很想說他是明知故問，但我還是乖巧地回答了。

「對，謝謝你。」

抓著克洛德狂哭了一個多小時，我的聲音有些沙啞。儘管略顯尷尬，但刻意在路卡斯面前保持形象反而更搞笑吧。

老實說，當他把那根奇怪的樹枝插進克洛德的腦袋，我真的差點嚇死，但見其效果如此顯著，想必那肯定不是普通靈藥。這麼一想，路卡斯昨天說他沒得到果實，反而吃了其他更好的東西，說的也是世界樹的樹枝嗎？看來他真的送了我一份無比珍貴的生日禮物。況且他不僅把樹枝給了克洛德，也同樣給了我。醒來之後，我感覺身體變得十分輕盈。這麼看來，經過上次魔力暴走，我的身體狀況似乎也出現了異常。

「如果沒有你，我真不知道該怎麼辦。」

儘管未曾透露，但我其實一直都在尋找讓克洛德恢復記憶的方法，一有機會，甚至會去找那個總是覬覦我的血和頭髮的塔主爺爺，詢問是否有解決辦法。可惜塔裡的魔法師都說與心靈和精神相關的魔法極為罕見，且一不小心就可能帶來無法挽回的危險後果，因此不宜輕舉妄動。

我也曾想過去找那位克洛德口中的冒牌貨，但聽說他又行蹤成謎了。而在亞勒蘭大查閱的書籍當中，也都沒有提到能夠恢復記憶的魔法。我甚至翻遍了皇宮裡所有禁書，但看似有用的幾乎都是可疑的黑魔法。想當然，我不可能對克洛德使用那些無法保證安全的危險魔法。

「那妳就算是欠我一個人情了吧？」

我確實欠了路卡斯一個很大的人情。在他回來之前，我其實什麼也沒做成。

「你有什麼想要的嗎？」

儘管路卡斯滿臉笑容，我還是產生了些許戒心。畢竟克洛德恢復記憶對我來說是件大事，他完全有可能提出超乎想像的要求。

「我會慢慢想的，別急。」

然而，路卡斯只是平淡地回答道。

「你難道不是想要什麼回報才提起這件事？」

「不是，只是覺得讓妳欠我一個人情也不錯。」

路卡斯，你……我以前就一直覺得，你感覺超適合去放高利貸。呃啊，無論如何，還是非常感謝，總有一天我一定會報答這份恩情的。看著路卡斯又開始吃起莉莉做的餅乾，我沉默片刻，才漫不經心地問道。

「你到底是誰？」

「路卡斯。妳不是知道我的名字？」

「我不是問那個。」

「妳知道了要幹嘛？」

路卡斯不以為意地隨口搪塞。他的態度並不像有意隱瞞，但也並未回答我的疑問，讓我的心情變得有些微妙。我想他可能是不願意透露自己的真實身分，所以決定像此前一樣不再深究。

「你就沒有其他話要說嗎？」

「我要說什麼？」

「因為我沒有聽你的話，才把事情搞成這樣。」

「喔，那個啊。」

路卡斯咬了一口吃剩一半的餅乾，淡淡說道。

「即使不是妳，這種事也遲早會發生。老實說，撇開妳爸不談，妳能活到現在已經很不容易了。話說回來，妳爸差點就要丟了小命吧？我是真沒想到有人會瘋狂到在別人魔力暴走的時候隨意插手，簡直就是跟死神玩命。他只失去記憶已經算是奇蹟了。」

路卡斯的話刺痛了我，他卻反應冷淡地沒再多說什麼。還以為他會嘲笑我做了蠢事，這倒是有點出乎我的意料。

「不過老實說，我並不在乎你爸的死活。現在我的魔力十分充足，所以也不需要小黑了。」

啊，雖然那是我爸，但你這樣說就有點過分了吧？嗚嗚。但嚴格來說，這本就與路卡斯無關，可他還是主動幫了我，我應該好好感謝他才對。

「這次的事並不完全是妳的錯。」

他是在安慰我嗎？這小子，完全不像他會做的事呢。

「對了，你之前不是說過，不吃小黑的話，要拿其他東西作為交換？」

久遠的記憶突然浮現。記得第一次在綠寶石宮後院遇到路卡斯，他說他可以暫時不吃小黑，但會拿走一樣「微不足道的東西」。畢竟那是很久以前的事了，我有些記不太清楚。

「喔，那個啊。我已經拿走了。」

「什麼？你到底拿走了什麼？」

路卡斯爽快的回答讓我微微一愣。在這種情況下，剛吃完餅乾的他竟然還在覬覦我裝在盒子裡的巧克力。

「就說沒什麼大不了的了。我只是覺得待在妳身邊不會無聊，而到目前為止，的確比我想像中還要有趣，所以就當是拿小黑作為交換囉。」

這個答案完全出乎了我的意料，所以你拿走的……是有趣的時光？是那種虛無縹緲的東西？

「什麼嘛，巧克力難道就只有這樣？怎麼這麼少？」

你怎麼能這樣？小黑本來就不是你的東西，怎麼能說是用小黑換來的！我驚訝地看向正吃著巧克力的路卡斯。他對我的反應滿不在乎，反而在翻看盒子裡的巧克力數量後，露出一臉不滿的表情。他一口吞下所有巧克力，看著我說道。

「說實話，我確實不在乎妳爸的死活，但如果妳受了傷，那就有點煩了。」

哈哈哈，你是指如果玩具被弄壞，你會覺得有點煩？我應該要感謝你嗎？我眼神冷漠地看向路卡斯。

「這個巧克力味道太淡了，都吃不出甜味。還有其他的嗎？」

沒有了啦，你這傢伙！

❖❖❖

「歡迎您回來，公主殿下。陛下正在等您。」

豔麗的紫色花卉在花園裡搖曳盛放。我踩過柔軟的草地，朝克洛德所在的方向走去。不久後，我便看見了被紫色花影簇擁的克洛德。他沒有坐在椅子上，而是站在花叢旁，沐浴著陽光等待我的到來。儘管陽光並不刺眼，我仍瞇起眼睛，暫時停下腳步。

「為什麼站在那裡？」

似乎早有察覺，克洛德轉頭對著呆站在原地的我說道。

「過來。」

聽到他的呼喚，我只是靜靜地看著他，隨後才快步向他走去，緊緊抱住眼前的身影。

「妳在做什麼？」

雖然只是短短一瞬，突如其來的觸碰還是讓他微微一震。我不是第一次這麼做，但或許是曾經失去記憶的空白，讓他對這種情況感到相當陌生。我抱著克洛德抬起頭，對著他咯咯笑了起來。

「真傻。」

他輕輕嘆了口氣，用手指彈了一下我的鼻子。

「沒錯，娜西就是只愛爸爸的傻瓜！」

我對克洛德比出了愛心手勢。我是你的小太陽，來吧，快接受我的撒嬌攻擊吧！本來希望克洛德能因此變得溫柔……實際情況卻並未如我所願。

看著克洛德漸漸冷下來的表情，我悄悄把手放下。嗯，氣氛好像有點不太對勁，我只是想開個玩笑而已嘛。

「咳、咳咳，怎麼突然颳起風了，今天天氣怎麼這麼冷啊？」

唉，你就不能陪我一起玩嗎？讓我一個人這麼尷尬，太過分了吧，嗚嗚嗚。

「您說茶點已經準備好了對吧？我們趕快過去吧。」

我走在克洛德前面，試圖掩飾尷尬。不久後，肩上突然落下了一股暖意。

「我覺得有點熱，妳披著吧。」

克洛德自己的外衣披在我身上。

「為什麼您會覺得熱？難道是我剛才發射的愛心太火熱了……」

「明明是妳在胡言亂語，為什麼我會覺得尷尬呢？」

克洛德懷疑的語氣中透露出些許無奈，但我還是對他不停咯咯發笑。其實是我剛才開的玩笑讓氣氛變得有點冷，但我還是乖乖披著克洛德特意為我蓋上的外衣，跟著他一起走到後院。

「對了，有件事我一直很好奇，為什麼在我記憶恢復的那天早上，妳會在我的房間？」

咳咳！

氣氛才剛剛好轉，克洛德卻像突然想起什麼似地喃喃自語，讓我的心臟瞬間漏了一拍。

「啊，是我對爸爸的思念產生了心電感應吧……」

「前一晚我好像在房間裡看到妳和某個人在一起……」

「哇、哇啊，爸爸也很想我嗎？我也是那天早上醒來就好想好想見到爸爸！看來我們真的心靈相通呢，對吧？」

呃啊，我面帶微笑，尷尬地迴避話題。如果要解釋前一天發生的事，勢必得提到路卡斯，但我不確定能向克洛德透露多少……畢竟路卡斯是我的大恩人，沒經過他同意就隨便開口應該不太好。

似乎察覺到我的異樣，克洛德瞇起眼睛上下打量著我。哎呀，雖然沒有故意欺騙他，但不經意轉移話題的我，背後已冒出一身冷汗。

「既然妳這麼說，那就當作是那樣吧。」

克洛德淡然說完，便把視線移開。不知為何，他的語氣給人一種「妳的努力很可貴，那我就當做不知道吧」的感覺，讓我莫名有些不安。怎麼回事？難道他其實都知道嗎？

這次，換我瞇起眼睛仔細觀察克洛德，但他的表情沒有任何變化。最後，我只能疑惑地歪著頭，跟著已經走到前面的他，繼續向前走去。

「所以，我有說過要幫妳把星星和月亮摘下來嗎？」

「噗嗚！」

不久後，我便因克洛德突如其來的發言受到二次衝擊，把口中的茶噴了出來。啊，被、被嗆到了！我、我正在喝茶你突然說什麼呢！

不顧我驚慌失措的模樣，克洛德繼續說道。但他平靜的聲音，卻給我造成雙重……甚至是三重打擊。

「我記得那是一段相當有趣的對話。妳說我喜歡妳喜歡到無可自拔，而且妳想要什麼都會給妳，是嗎？」

「咳、咳咳！」

這是我在克洛德失憶期間對他說過的話！在我生日那天，我們曾一起去遊湖，我只是突然很想捉弄他才會那麼說的！沒想到他竟然用這種方式回敬我！看來我們之間的感動時刻根本沒持續多久嘛，我完全沒想到他會這樣突然提起過去的對話，嗚嗚。看著我如坐針氈的模樣，克洛德不動聲色地擺弄著茶杯。我努力讓自己平靜下來，開口說道。

「我、我也不算說謊吧？」

我決定厚臉皮一點。

是啊，你不是很喜歡我嗎？現在想裝傻也沒用了喔！

「爸爸明明就很喜歡我啊。」

聽聞此言，克洛德微微揚起眉毛，目光略顯嚴肅，卻並未出言反駁。咦？他、他不否認嗎？為什麼只是這樣靜靜地看著我呢？

當然，他的表情並沒有很高興，但也沒有如我預期那般回應，比如說「不要胡說八道」或「妳還真會作夢」之類的。他甚至沒有嘲笑我，這是怎麼回事？

「阿塔娜西亞。」

沉默了好一陣子，他突然開口呼喚了我的名字。當我以為他終於要反駁我時，他接下來的話卻再次出乎了我的預料。

「不管別人怎麼說，妳都是我的女兒。」

樹陰之下，光影明暗交錯，克洛德直視著我的眼睛，開口說道。

「直到死去……不，即便我死去，妳是我的女兒這個事實依然不會改變。」

我想就是在那一瞬間，心中那不想被傷害而帶著銳利尖刺的膽怯倏然消失，連一點痕跡都未曾留下。

「無論如何，妳都不要忘記這一點。」

在這被盎然綠意簇擁的景色中，看著克洛德用如此堅定的眼神看著我低聲細語，某個想法便不由自主地自心中萌發。

「好的。」

就像過去的他為我做的一切，現在我也願意隨時為了眼前這個人犧牲。

「我知道。」

我已無法再回到從前，再也無法變回過去那個完全獨立、不依靠任何人的自己，無法再對這份無法估量的愛漠然置之。

「我知道我是爸爸的女兒。」

所以我知道，如果失去這個人，我應該會徹底崩潰。

「我永遠都不會忘記的。」

從現在開始，我會拚盡全力守護他。即使付出我所擁有的一切，我也要站在這個人身邊，與他並肩而行。

「所以爸爸也不能忘記喔。」

我朝著克洛德露出微笑。內心默默期許著他也能跟我一樣，對於我的陪伴感到幸福。

❖❖❖

「陛下能恢復記憶，臣真的非常高興。」

從後院離開的路上，菲力斯有感而發。奉克洛德的命令，他再次成為了我的護衛騎士，此時正陪我一起走回綠寶石宮。

見到克洛德之後，我心中逐漸膨脹的情感似乎只要被人輕輕一戳便會爆發，也或許，是過去總束縛著內心的情緒直到方才都還蠢蠢欲動吧。

啊，感覺我現在什麼事都能做到。

與此同時，我聽到了某種東西在我體內拍打翅膀的聲音。被一股莫名的力量吸引，我緩緩揮了揮手。菲力斯對我突如其來的行為感到困惑，但我沒有理會他，手繼續在空中輕輕晃動。

嘩啦啦！

剎那之間，驚人的一幕發生了。

「公主殿下……？」

一道難以置信的聲音在我耳邊響起。和菲力斯一同跟在我身後的騎士和侍女們也紛紛屏住呼吸。

嘩啦啦——

蒼翠蓊鬱的視野瞬間被奼紫嫣紅的花朵覆蓋。原本長滿新綠的樹木上，好似與季節相悖般，被含苞待放的花蕾點綴。這幅景象實在太過驚人。當我將手舉得更高，它們便彷彿融進暖春，紛紛燦爛盛放。沒過多久，我們已被一片花團錦簇包裹其中。

「我的天啊……」

「這究竟是……」

耳邊迴盪著鳥兒愉快的鳴唱，人們小小的驚呼很快便消散在空氣中。甜蜜又濃郁的花香將我團團簇擁，讓我感到異常滿足。

這是我在這個世界初次憑藉自己的意志、完美實現的第一個魔法。

❖ ❖ ❖

「什麼？妳再說一遍。」

今天也一如既往到我房間裡搜刮餅乾的路卡斯大聲問道，他顯然覺得自己剛才聽到的話非常荒謬。原本想說一見面就直接提出要求會顯得十分突兀，我本打算等氣氛醞釀得差不多之後才開口。但眼下一不留神，路卡斯就快把莉莉幫我準備的餅乾全都吃光了！

嗯，既然他這麼好奇，我就再說一次吧。

我深吸一口氣，對著表情怪異的路卡斯再次大聲說道。

「請你收我為徒！」

❖❖❖

「我想要更有系統地學習魔法，黑塔那邊可以提供協助嗎？」

這是在我把從石榴宮到綠寶石宮的道路上鋪滿鮮花之後發生的事。我謙虛地承認自己在魔法上有所不足，特地去請教了黑塔的塔主爺爺。嗯，雖然每次見到面，都會想起他此前的圖謀不軌而有點不太舒服，但拜訪過幾次之後，我也漸漸習慣了。且因克洛德的關係，他也不敢再公然對我無禮。

咻嗚嗚——

我刻意忽視頭頂被打穿的天花板。黑塔是皇宮內少數可以自由使用魔力的地方，但據說克洛德因為心情不好，不讓魔法師用魔力維修黑塔，所以天花板至今仍是敞開的狀態。

每當看到這幅景象，我都會有一絲絲愧疚，但魔法師們似乎並不怎麼在意黑塔的狀態。

「您說要黑塔提供協助是指……」

「我想更正式地學習魔法。」

「迄今為止，很少有皇室成員為了魔法訓練而正式向黑塔請求幫助。」

塔主爺爺露出五味雜陳的表情，既沒有拒絕也沒有不同意，語氣十分含糊。

「公主殿下已經能隨意使用魔法了吧？殿下讓鮮花綻放的傳聞已經在宮內傳開了。」

「我之前都是自學的，還有很多不懂的地方。聽說黑塔囊括了歐貝利亞乃至整座大陸都認可的優秀魔法師們。」

見我不動聲色地稱讚黑塔，塔主爺爺的嘴角止不住地上揚。據說皇室的魔法訓練向來都是在宮內進行，但克洛德似乎從一開始就能無師自通地使用魔力，所以並不明白為何還要特地去學習魔法知識。呃啊，難道我被一群絕世天才包圍了嗎？

「那麼……讓路卡斯教您怎麼樣呢？」

「路卡斯？」

從塔主爺爺口中聽到熟悉的名字，我忍不住豎起耳朵。

「是的。雖然不想承認，但在黑塔中他也算是堪用之人。更且他已經陪伴公主殿下相當長一段時間，比起其他宮廷魔法師，他或許能讓您更自在。當然，我絕對不是想把他從黑塔趕出去才這麼說的，呵呵呵。」

爺、爺爺？您後面加的那句話很可疑啊？感覺塔主爺爺是蓄謀已久吧。但無論如何，聽了塔主爺爺的建議，我陷入了短暫的沉思。嗯，這麼一想，可能是我太習慣路卡斯在我身邊了，竟然沒有第一時間想到他。他恢復魔力之後似乎就整天無所事事，總是一副在閒逛的樣子。那下次見到他的時候，我應該問問看嗎？

「那我過幾天再問問看吧。」

話剛說完，塔主爺爺的肩膀突然劇烈地震了一下。

「過幾天……公主殿下，請恕我失禮，您最近有見到路卡斯嗎？」

啊，突然有種奇怪的感覺自背後傳了過來。這句話聽起來怎麼有點微妙，難道在黑塔的人忙碌的時候，只有路卡斯自己在四處閒逛嗎？

「啊，我只有跟他打聲招呼，簡單見了一面而已。」

「是嗎？」

「是的，他剛回來不久，看起來還有些疲憊。我們只是簡單打了招呼就分開……」

唉，看在他幫助克洛德恢復記憶的分上，我現在是在報恩嗎？我竟不知不覺開始為路卡斯辯解。塔主爺爺畢竟名義上是路卡斯的上司，替他說點好話應該沒什麼壞處吧。

但塔主爺爺接下來的話，卻讓我臉上的笑容瞬間僵住。

「喔，那個傢伙終於回到歐貝利亞了嗎？」

啊，這下糟了，原來我踩到地雷了嗎！塔主爺爺竟然不知道路卡斯回來了？

「但他回來之後沒有向我報告就直接去找公主殿下，是嗎？」

咳、咳咳。路卡斯，難道你還沒告訴黑塔的人你已經回來了，還一直待在我的房間裡耍廢嗎？

「哈，真是個可愛的傢伙。」

塔主爺爺面帶微笑，說出的每一句話都散發著非常可怕的氣息。看到這一幕，我不禁開始冒出冷汗。路、路卡斯，如果你正在翹班的話，應該早點跟我說啊！

「啊，對了。公主殿下，雖然有點晚了，但這是給您的生日禮物。您最近對魔法道具似乎很感興趣，我便找了些與您之前提到的物品相似的東西。本來想製作更好的禮物送給您，但礙於時間緊迫，只能先給您這些。」

「啊，謝謝您。」

是我之前提到的、那個能使魔法失效的道具嗎？因為卡貝爾・恩斯特的劍飾真的令人印象深刻，上次拜訪黑塔的時候，我才順勢問了一下。塔主爺爺說能讓魔法完全失效的道具非常珍貴，而他竟然把這樣珍貴的東西當作我的生日禮物，真是太讓我感動了。我以前只覺得他是個奇怪的老人，現在看來他也有正常的一面……

「如果您真的十分感激，那就剪一點指甲給我吧。」

……正常才怪！

「不是，怎麼會有人在送了生日禮物之後還要求回禮啊？」

「呵呵，現在已經不會在送生日禮物之後要求回禮嗎？我年輕的時候……」

奇怪的老人又要開始胡言亂語了，再聽下去對我肯定沒好處。

「哎呀，時間已經這麼晚了？我還有急事得先走了。真的很謝謝您的禮物。」

「喔，您這麼快就要走了嗎？」

聽到我的話，塔主爺爺露出遺憾的表情，但我猜他心裡可能在想「現在居然連一滴血都還沒得到」之類的。

「如果您之後見到路卡斯，請再告知我。」

「我、我會的。」

我將眼神發亮的塔主爺爺拋在身後，匆匆離開了黑塔。

❖
❖
❖

「咦，認真的嗎？」

總之，這就是我遇見路卡斯後請求他收我為徒的原因。離開黑塔之後，我仔細地思考了塔主爺爺的建議。即使是在對魔力使用有諸多限制的皇宮，路卡斯也能自由地施展魔法，可見他的能力確實出眾。嗯，這樣說可能對塔之魔法師不太禮貌，但老實說，路卡斯是我到目前為止見過的魔法師中最強的。

咳咳，也可能是我從小就被他洗腦，下意識將他視為世界第一的天才魔法師。

「我沒有教別人魔法的愛好。」

果然如我預期，路卡斯對我的請求嗤之以鼻。也是，畢竟我也知道他就是這種個性。上次聽到宮廷魔法師們憤怒地咒罵他時，我就大概明白了。聽到他如此高傲的回答，我不禁露出無言的表情。

「而且魔法不是學來的，而是天生的。」

哼，路卡斯這傢伙也是克洛德那一派！那個表情和那個語氣，怎麼能這麼討人厭呢？呃啊。不過，要跟路卡斯學習魔法這件事，我早就知道會困難重重。所以路卡斯拒絕的話，我也打算不繼續堅持。

畢竟以前他就拒絕當我成年舞會的練習對象。根據我多年來的了解，依照路卡斯的性格，他絕對不會做自己討厭的事。只不過，他半躺在沙發上囂張地沉思了一會兒後，突然「嗯」了一聲，轉過頭來看著我。

「但既然妳都這麼誠懇地請求了，我也不是不能教妳。」

「啊，真的嗎？」

「但先說好，我只會講解一次，若妳這樣還聽不懂的話，我就不教了。」

這不就是百分之百不教的意思嗎！

「更何況妳一直到處散發魔力，讓我很不爽。」

「我嗎？」

聽到這句話，我低下頭仔細看了看自己的身體。果不其然，我感覺不到任何異常，即使是偶爾能用肉眼看見魔力波動的塔主爺爺，也從未對我說過這樣的話。似乎察覺到我的疑惑，他不屑地撇了撇嘴。

「喂，我能感覺到是因為我更厲害好嗎。」

呵呵呵。啊，是嗎？這個傢伙一直都那麼囂張，會有此番言論也不足為奇。

「既然都說到這了，現在就來試試吧。先試著讓魔力不要外洩吧。」

「我該怎麼做？」

聽到我的問題，路卡斯倏然臉色一沉。等一下！那表情看起來很不高興欸。我都還沒開始，他就已經露出厭煩的神色，那眼神就像在看笨蛋一樣！

「所以妳先把魔力啪地抓住，再咻地弄一下，最後變成這樣。」

路卡斯的教學簡直爛透了。見我用冷淡的眼神直視著他，路卡斯似乎有些不解，輕輕挑起了一邊的眉毛。片刻過後，他像突然領悟到什麼，長嘆了一口氣，無奈地開口。

「算了，我本來就不指望妳能一次學會。我就好心地再解釋一遍，聽好了——先把魔力啪地……」

接著又是一連串爛到極點的解釋。等一下……這傢伙難道是故意取笑我嗎？我感到異常疑惑，但看路卡斯認真的表情似乎又不太像。難道他真的認為這叫作「教學」嗎？

我突然想起上次在黑塔時，魔法師們提到路卡斯時哀怨的抱怨。

──我曾經請教他如何更簡單地使用魔法，他就在我面前隨便地東揮揮西揮揮，然後一臉不解地看著我，懷疑我為什麼做不到，好像我很可憐一樣……嗚嗚，我真的很受傷，嗚嗚！

原、原來如此。他們之所以對路卡斯這麼反感，就是這個原因吧！親自體驗之後，感覺果然不一樣！

「妳在幹嘛，快點試啊。」

他甚至開始催促我。我無奈地嘆了口氣，在路卡斯銳利的目光下，只好勉為其難動手試試。雖然他的講解糟糕透頂，我根本不明白他想表達什麼，但根據剛才的指示……嗯，是這種感覺嗎？我隨意地想像了一下操控魔力的感覺。

「嗯……有什麼變化嗎？」

咦，我好像感覺身體比剛才輕盈了一些。是我的錯覺嗎？

「路卡斯，我有什麼變化嗎？」

唉，我自己根本看不出來啊。我下意識地舉起手臂，轉頭看向路卡斯。咦？他的眼睛為什麼瞪得那麼大？

「什麼嘛，成功啦？」

「啊？成功了嗎？我的魔力不再外洩了嗎？」

他似乎很訝異我竟然能聽懂他那不知所云的爛教學。嗯，我也覺得很訝異。看來我真的有驚人的魔法天賦……但聽到路卡斯接下來脫口而出的發言，我又忍不住露出無言的表情。

「哇，我怎麼這麼會教呢，竟然能讓妳這樣的初學者一次就學會？」

「……」

「我就知道，問題果然出在塔裡的那些蠢蛋身上。哎呀，我果然是個天才。」

「……」

「啊，不過妳學得還算不錯嘛？好吧，妳這種程度教起來還滿有趣的。我通常不會隨便教人，妳要感到榮幸。」

路卡斯像是回到了水中的魚一樣開始瘋狂自吹自擂。我看著因為自己是天才而深感自豪的他，莫名有些煩躁。這不公平！這跟他是天才有什麼關係，明明是我夠聰明才能理解他那爛透了的教學！

我不滿地瞪著路卡斯，不想再看他副臭屁的樣子，主動換了個話題。

「對了，你回來的事還沒有向黑塔報告吧？」

「啊，嗯。」

「塔主爺爺現在知道你回來了，你不怕到時候被訓斥嗎？」

「那又怎樣？」

路卡斯毫不在意地哼了一聲，隨口敷衍了幾句。嘿，再怎麼說他也是你的上司啊，你這態度也太糟糕了吧！

「除了那個，妳試試看這個吧。這次是將魔力這樣那樣……」

「這、這樣嗎？」

「不是，不是那樣！妳看好了，是要這樣做。這次不是咻的感覺，而是嘩啦的感覺。」

……這裡有沒有返回鍵啊？我想立刻收回跟路卡斯學習魔法的決定！可惜，我的人生哪會有這種好事呢。最後，我只能繼續被路卡斯折磨，接受他糟糕至極的指導。

❖❖❖

阿塔娜西亞公主的第十五個生日舞會將在綠寶石宮盛大舉行。舞會聚集了眾多尊貴的賓客，受邀的人幾乎都是與阿塔娜西亞公主年紀相仿的貴族名媛和公子們，且幾乎所有人都前來與會。由於此前皇帝克洛德和公主殿下關係不和的傳聞曾一度傳得沸沸揚揚，人們理所當然會對此感到好奇。

儘管後來阿塔娜西亞公主和皇帝克洛德在公開場合上展現出親密溫馨的模樣，讓不和的傳聞迅速銷聲匿跡。但仍有不少人依舊用懷疑的目光注視著他們，並對他們的關係議論紛紛。而此時正好適逢阿塔娜西亞公主的生日舞會，受邀的人們自然想趁機前來確認傳聞真假。

「如果您還沒準備好面具，請在入場前告訴我們。」

而且，這個舞會還有個特別之處——就是所有參加者都必須戴上面具。

「沒有戴面具的人將無法進入會場。」

有些人根據邀請函上的說明事先準備了面具，但還是有些沒有準備的人會從侍者那裡領取面具。他們都是剛進入社交圈不久的貴族子弟，參加舞會的機會本就不多，像這樣戴著面具入場的舞會更是絕無僅有，令他們在感到困惑的同時也相當興奮。

當他們戴上面具踏入舞會，戴著各式各樣面具的參加者們便映入眼簾。大家都對眼前的情況感到十分陌生。由於遮住面容，在茫茫人群之中很難找到熟人，這令他們只能在原地躊躇不前，好奇地四處張望。

就在這時，大廳的水晶吊燈突然暗了下來。

「咦？」

「怎麼了？」

在突如其來的黑暗中，人們的耳語在場內傳開。與此同時，一個悅耳的聲音在眾人耳邊響起。

「感謝諸位今天蒞臨這場舞會。」

說話的人顯然是舞會的主角阿塔娜西亞公主。人們全神貫注地聆聽著從四周傳來的聲音。

「正如邀請函上所示，今晚的舞會是一場特別的活動，參加者們將戴著面具前來，也可以根據個人喜好，在指定房間中更換不同的面具或自由地使用化名。」

但無論如何專心聆聽，都無法確定聲音來自何方。是魔法嗎？這就和方才吊燈熄滅時一樣令人驚訝。繼皇帝克洛德之後，阿塔娜西亞公主已覺醒強大魔力的傳言，本就是眾人間非常有趣的八卦話題。

「在舞會結束時，參加者必須將面具摘下；除此之外，在舞會進行的過程中，強迫別人摘下面具或以任何方式脅迫他人都將違反規定。如果發生這樣的情況，將會被要求立刻離場，還請諸位特別注意。」

無論如何，阿塔娜西亞公主成功吸引了所有人的目光。

「首先，我要感謝為了慶祝我十五歲生日而準備這場舞會的父皇。」

夾雜著淡淡笑意的清澈嗓音，在宴會廳中迴盪。

「希望大家今天都能度過一段愉快的時光。」

下一刻，水晶吊燈和宴會廳各處的燭臺又突然點亮，四周亦傳來人們的驚嘆。隨著音樂奏響，周圍等候的侍者開始為參加者們提供飲品。

「嗯，不知道為什麼，總覺得這個舞會真的很神奇呢。」

「確實，但感覺也很有趣……」

「我們今天是第一次見面吧？要不要一起到那邊聊聊？」

「好的。」

起初還有些遲疑的名媛和公子們，透過舞會規則隱藏自己的身分，體驗到了前所未有的自由和樂趣。透過對話和行為來推測對方身分也相當有趣，他們很快就完全沉浸在這個與眾不同的舞會當中。

……以上就是我的劇本。而從目前情況來看，我的劇本似乎非常成功！太好了，一切按計畫進行！

看著那些三三兩兩聚在一起、和樂融融交流的少年少女，我終於鬆了口氣。本來還擔心今天的生日派對可能會搞砸，看來是我想多了。對，沒錯，這就是面具舞會的魅力。你聽過匿名的自由嗎？我在宴會廳裡四處走動，發現有人正在玩猜測對方身分的遊戲，於是我也變聲混了進去。

「嗯，讓我來猜猜看。那像玫瑰一樣的紅髮和像百合般的白皙皮膚……」

撲通撲通，妳的名字是——！

「這位小姐……」

正是伊萊恩侯爵家的百合少女！

「我猜是被譽為佛羅倫斯伯爵家的玫瑰——羅蕾娜小姐。」

但現在暴露身分就沒意思了，我得讓他們更加困惑才行。由於經常見到百合少女，我馬上就認出她來，但對其他人來說，可能不太好分辨。更何況她今天似乎為了參加面具舞會，特意戴了假髮。當然，即使在這樣的日子，她依舊不忘別在耳邊的那朵百合。

「我、我不知道。」

「啊，妳結巴了。難道我猜對了嗎？」

「說到羅蕾娜小姐，我之前遠遠見過她一次，好像真的有點像……」

人們開始竊竊私語地猜測，我則像最初加入時那樣悄悄地離開。

舞會氣氛即將進入高潮。一開始，大家都因不知道對方身分而感到尷尬，但過了一會兒，人們便開始毫無顧忌地互相交談。畢竟參加舞會的都是年齡相近的少年少女，相處起來自然較為容易。

嗯，很好。如果大家今天都玩得很開心，關於我和克洛德不和的傳聞應該會被慢慢淡忘。畢竟我若是個不討人喜歡的公主殿下，皇帝應該不會允許我舉辦這樣的生日舞會了吧。想來這場面具舞會應該能夠消除大部分流言蜚語。

不久後，我便悄悄從沉浸在舞會之中的人群中溜走了。

「呼嗚。」

離開宴會廳，我才終於能喘口氣。今天以面具作為主題似乎是個明智的決定，否則身為派對主角，我不可能這麼輕易離開。

我一大早就從亞勒腓公爵那裡得知，伊傑契爾和珍妮特因為某些原因無法參加今天的生日舞會，讓我稍微有點好奇。上次建國紀念慶典的最後一天，在亞勒腓公爵宅邸見到珍妮特時，她的表情一直讓我很在意；而在克洛德的生日宴會上，在走廊遇見的伊傑契爾也讓人有些擔心……

我邊思考邊把身體靠在陽臺的欄杆上。儘管無須過於煩憂，但心情難免有些複雜。

「這不是妳的生日舞會嗎？」

一道聲音從旁邊傳了過來，打斷了我的思緒。

「妳幹嘛跑來這裡孤獨地唉聲嘆氣？」

「啊，孤獨不是你的專長嗎？」

我看著坐到陽臺欄杆上的路卡斯，挖苦般說道。

難道不是嗎？即使我一個人獨處，也比不上孤獨的黑狼路卡斯呀！聽見我的調侃，路卡斯的臉……

「喂，你那表情也太過分了吧……」

他露出一副「妳在說什麼鬼話」的直白表情。啊，不管怎樣，那表情真的太過分了。

「當初就應該讓第一個說出那種胡言亂語的人徹底消失。」

「啊，你不能對百合少女那樣！」

「喔，百合少女？」

天啊！我一不小心把幫他取「孤獨的黑狼」外號的人說出來了！超、超級大危機！

「哇、哇喔，路卡斯，你快看！夜空中到處都是星星……」

幸好他只是瞇起眼睛，並沒有進一步追問百合少女的身分。可能今天是我的生日，於是他大發慈悲放過我了吧！哎呀，如果是這樣就太好了。請不要再問了，我必須保護百合少女的安危！等一下，這麼一想，今天百合少女就在宴會廳裡，難道我的生日舞會要變成血腥舞會了嗎？

「今天是妳生日，特別放妳一馬。」

啊，好險……

「妳看起來心情不錯。雖然已經給過生日禮物了，不過為了公主殿下，可以給妳一份額外的小驚喜。」

尚未搞清楚這句話是什麼意思，路卡斯便抬手在空中輕輕揮了揮。霎時間，絢麗的魔法在眼前倏然綻放。

「哇！」

閃亮的星光將夜空點亮，柔軟的花瓣如瀑布般傾瀉而下。我轉過頭，只見宴會廳裡也是一片絢爛，人們正驚訝地看著從天花板傾瀉而下的閃亮花瓣。隨後，我又將目光轉回前方。

「真美。」

就像不曾為我施展魔法那般，路卡斯垂著雙腿，無動於衷地坐在欄杆上。

「謝謝你。」

我凝視著眼前美麗的景象，自言自語般低聲說道。我微弱的耳語飄散在夜空中，但他應該聽見了吧。儘管開始得有些晚，但我的第十五個生日，就這樣慢慢接近尾聲。

❖❖❖

第二天，我獨自在房裡看著窗外的景色，突然心血來潮彈了一下手指。

嘩啦啦。

當我再次睜開眼睛，眼前是一片望不見盡頭的白色花海。看著那溫柔搖曳的花瓣，我莫名有些懊悔，卻也沒有立刻離開。我甚至不能確定自己站在這裡是出於一時衝動，還是經過無數猶豫後的決定。也許兩者都有，抑或兩者都不是。

但那似乎並不重要，我一邊思索著，一邊在花園中漫步。倘若能在這裡見到那個人，或許還不錯；但如果未能相遇，那也無妨。是啊，其實這一切都只是我莫名其妙的心血來潮，那連自己都不甚明白的心情，我又能怎麼辦呢？片刻過後，我轉過身，在回首的剎那之間，那個不只一次相遇的人竟如夢境般出現在我眼前。

沙沙沙。

微風撥亂了他整齊的銀色髮絲，那雙彷彿凝聚了所有光輝的金色眼睛此刻正微微張大，從遠處凝視著我。

「……我是在作夢嗎？」

伊傑契爾看著我，難以置信地低聲說道。儘管在亞勒腓公爵家見到珍妮特時，我曾短暫見到伊傑契爾，但這應該是自克洛德上次的生日宴會後，他第一次見到我。在那之後，他應該只聽說了我失蹤後又回到皇宮的消息，現在會這樣茫然地看著我也不無道理。

「又或者……這是我的願望形成的幻影呢？」

此時此刻，我們正身處路卡斯開玩笑把我傳送到亞勒腓公爵家時，伊傑契爾為了避開他人而帶我前往的花園。

我移開視線，看見了他捲起的襯衫袖子下露出的白色繃帶。他的左臂從手肘到手腕附近都被繃帶緊緊包裹。我隱隱約約地猜想，這可能是他和珍妮特昨天沒能參加生日舞會的原因。

「這是夢境嗎？還是幻覺呢？」

我凝視著眼前的人，緩緩開口。

「如果都不是的話……」

聽見我的呢喃，伊傑契爾的表情終於有了變化。

「是現實嗎？」

就像希臘神話中比馬龍看到被愛神賦予生命的雕像伽拉忒亞[1]那樣，他的表情倏然有了一絲亮色。他緩緩朝我走近，似要確認我的存在並非夢境或幻覺。

「我……」

低沉的嗓音從極近之處傳來，我的手指不由自主地一陣微顫。

「我想觸碰您。」

面對他帶著些微痛苦的表情，我無法說出任何一句話。

「但我不知道該怎麼做。」

「……」

「即使是現在，感覺只要一眨眼，您就會從我眼前消失……」

他自嘲的聲音在我耳邊迴盪，很快便被風隱去。

「我從未想過，自己會有如此迫切的心情。」

伊傑契爾．亞勒腓。這本書中的主人公，好似在坦白自己的心意般呢喃著。那個瞬間，

1 Pygmalion，希臘神話中賽普勒斯的國王。《變形記》中記述，身為雕刻家的比馬龍愛上了自己創作的雕塑「伽拉忒亞」，而後愛神因同情比馬龍的愛情而賦予其作品生命。

我又在想些什麼呢？

「把此刻當作是一場夢吧。」

我靜靜地看著他，緩緩開口。我的話彷彿一把尖銳的匕首，讓伊傑契爾的表情瞬間僵住。

「您說這是現實。」

「但此刻起，它不再是了。」

「您又要從我面前消失了嗎？」

伊傑契爾緊緊閉上嘴巴，似乎在忍受著心中難以言喻的情緒。片刻過後，他才再次沉吟般開口。

「您今天為何來找我？」

我沒有回答。

「您來到這裡的原因和我一樣嗎？」

雪白的花瓣在風中輕輕搖曳，好似一場安靜無聲的雪，而我立於其中，沉默地凝視著眼前的人。

「如果是這樣，請允許我觸碰您。」

低沉的耳語急切地傾吐，伊傑契爾迅速朝我走近。白色的花瓣和嫩綠的草葉隨著他的腳步，飄散出淡淡香氣。轉眼間，一片溫柔的陰影倏然落下。他舉起未纏繞著繃帶的右手，緩緩朝我的臉頰靠近。當那纖長的手指終於觸碰到我之時……

啪啦——

「我打擾到你們了嗎？」

突然間，一道冰冷的聲音刺入耳膜。不知不覺間，我已從雪白的花海中回到自己的房間。

「我實在無法忍受那種不悅，才不得不出手。」

路卡斯用他那雙冰冷的紅色眼睛俯瞰著躺在沙發上的我。

「當然，就算打擾到你們了，我也不會把妳送回去。」

我靜靜躺在沙發上，而後坐起身回答。

「不，你做得很好。」

說實話，我並不確定能否憑藉自己的意志離開那裡，路卡斯把我帶回來或許是個正確的選擇。

「我做得很好？」

「對。」

不知為何，聽見這句話的路卡斯嘴巴緊閉，似乎有些不高興，但我也沒有更多話想說了。我從沙發上站起身，用手整理了一下凌亂的頭髮。看了一眼時鐘，才發現已經下午三點了。

「啊，莉莉沒有來過嗎？」

「她來過了。」

「那她應該知道我去黑塔了吧。我陷入沉思，下意識嘟囔了起來。

她可能以為我不在吧。」

「活著真是一件很複雜的事，對吧？」

當然，路卡斯並沒有回答我的問題。

那座被雪白花朵覆蓋的庭園和站在其中的伊傑契爾，以及那短暫的溫暖觸感在我腦中隱約浮現。我站起身，決定把這些全部拋在腦後。

「我要去看爸爸，你可以再待一會兒。」

在我身後的路卡斯依舊沒有說話，但我也並未期待他的回應，便逕自離開了房間。

十五歲的初夏，有種剛翻開了故事的第一頁，就不知為何已經讀到最後一章的錯覺。

❖ ❖ ❖

時光飛逝，我已經成長為正值花樣年華的十七歲了。

「這個魔法陣不會太沒效率了嗎？」

我將厚厚的魔法書放到桌子中央，吸引了眾人的注意。

「不僅是這個，『成長』部分的所有魔法陣都充滿了不必要的贅詞。」

「這是自亞埃泰勒尼塔斯皇帝以來，經過歸納得出的陣法。從很久以前就有許多魔法師集思廣益進行研究，但依然未能找到比這更有效率的魔法陣。」

我話音剛落，黑塔裡的一位魔法師就立刻反駁。哎唷，又來這套。他的語氣就像在說「我們亞埃泰勒尼塔斯陛下最棒了，我們的祖先最偉大，亞埃泰勒尼塔斯風格的魔法陣是宇宙最強的」。其他魔法師也急急忙忙地點頭附和。唉，看到他們平時撫摸亞埃泰勒尼塔斯皇帝整理的魔法書時，那對皮革書衣愛不釋手的模樣，我就知道了。如果亞埃泰勒尼塔斯皇帝還活著，這些人現在肯定都成了瘋狂的私生飯[2]。

「對，這個魔法陣已經很完美了！」

「看看這個，每一條緊密勾勒的線條都流露出優雅和華麗！」

「說到這個魔法陣，中間的螺旋圖案有助於魔力凝聚，而上方散開的六條花瓣形線條則可以促進魔力流通……」

不是，我想說的是，這畢竟是要用來施法的魔法陣，華麗有什麼用啊？我打量著這些像無腦粉絲的魔法師們，臉上露出了淡淡的不悅。雖然在這兩年間，我已經稍微習慣了，但每當遇到這種情況，我還是百般無奈。聽著一位魔法師沉迷於魔法陣之美的講解，

2 사생팬，源自韓國娛樂文化用語，粉絲亦稱作「飯（Fan）」，泛指喜歡刺探或干涉藝人私生活的粉絲。

我忍不住開口說道。

「對，所以我覺得這個魔法陣還有改進的空間。」

「什麼？您這是什麼荒謬的……」

「請看一下這個。」

我拿出之前寫下魔法陣的紙張，展示給那些臉上寫著「這個完美魔法陣還能怎麼改進，簡直胡說八道」的魔法師們看。一如我的預期，魔法師們用懷疑的眼神檢視了我遞給他們的紙張。不久後，他們突然瞪大眼睛，驚訝地大喊一聲。

「這、這是什麼？」

「公主殿下，這難道是——！」

他們的聲音和眼神已經完全變了。看到這樣的反應，我感覺長久以來的煩惱終於解決。呵呵，驚訝吧？兩百年來被極力讚揚的完美魔法陣現在被我改進得更完美了，想必不管是哪一位魔法師都會對此感到興奮。

我欣慰地向那些希望了解更多的魔法師們解釋我改進的魔法陣。

「雖然要幫助魔力凝聚，但如果有足夠的集中力，其實不需要那麼多線條。我已經試驗過了，只要在中間畫一個圓就能滿足施法條件；另一方面，我運用了防止多餘魔力流失的魔法陣，稍微修改了這個部分。像這樣使用這邊的線條，就不會和原有的效果發生衝突。另外，如果只是短暫注入魔力，這個魔法陣是沒有效果的……」

魔法師們全神貫注地看著我用手在紙上一邊比劃一邊解釋。

「這樣施法的時間可以大幅縮短，效果也幾乎增加了三倍。」

解釋完畢！唉，這也滿累人的。不過我可不像路卡斯，不會用什麼咻咻或唰唰來解釋。果然，在聽完我精彩的解說之後，魔法師們立刻激動地大聲討論。

「哇喔喔！這將是跨時代的重大事件！兩百年來都沒有人敢更動亞埃泰勒尼塔斯皇帝的魔法陣呢！」

「天啊，這個魔法陣是如此完美！竟然有這種夢幻般的完美方法！」

「按照這個魔法陣，施展魔法的速度應該能加快一點五秒吧！」

「哇喔喔！我們現在就來試試看吧！」

望著魔法師們像對待稀世珍寶一樣捧著那張皺巴巴的紙張，我滿足地摸了摸鼻子。啊，每次看到那個繁複華麗的魔法陣，我就像是感冒鼻塞那樣悶悶不樂，但現在心中彷彿累積了十年的不爽終於被釋放了。看著那些把我拋在一邊、全神貫注應用新魔法陣的魔法師們，我心情愉悅地離開了黑塔。

❖❖❖

「公主殿下，您是從黑塔回來的嗎？」

「嗯。」

回到綠寶石宮，莉莉一如往常第一個上前迎接我。我往返黑塔已經有一段時間，所以她也習慣了。

「啊，莉莉身上有一股美味的味道。」

我把鼻子緊緊貼在莉莉身上聞了聞。

「我剛剛做了費南雪，待會請人送到您的房間。」

莉莉向我露出了母親般的溫暖微笑。啊，不愧是我們莉莉。怎麼知道我剛好餓了，還貼心地準備了費南雪呢？

「公主殿下，邀請函我已經整理好放在桌上了。」

「啊，謝謝妳，瑟絲。」

一進到房間，我立刻熟練地開始檢查桌上整理好的邀請函。這些邀請函已經經過篩選，我其實不需要太過費心。

「嗯嗯。」

我坐在沙發上哼著小曲，開始閱讀擺在我面前的邀請函。今天終於改掉了我構思許久的魔法陣，心情格外愉快。啊，早知道這麼痛快的話，之前就應該提出來了。塔之魔法師們對亞埃泰勒尼塔斯的崇拜真的非同小可，所以我也猶豫了很久。

哇，這麼看來我進步了吧？誰能想到我會有動手把被譽為最強大魔法師的亞埃泰勒尼塔斯的魔法陣改掉的一天！哎呀，仔細一想還真讓人感動！嗯，雖然不想承認，但我能變得如此出色，路卡斯功不可沒。我姑且承認你是天才吧！

「公主殿下，請吃點東西吧。」

就在我沉浸於內心的感動時，莉莉拿著點心走進了我的房間。

「啊，是咖啡嗎？」

「是的，我記得上次公主殿下很喜歡這個，所以請他們拿了一些過來。」

歐貝利亞原本沒有咖啡，但不久前莉莉獲得了一些從亞勒蘭大送到綠寶石宮的新茶。結果一看，那不就是咖啡嗎？

我沉浸在淡淡的懷舊情緒中，很快就被那個味道迷住了。雖然像紅茶這種飲料也不錯，但我偶爾還是會想念這個味道。嗚嗚，儘管不是完全符合我口味的即溶咖啡，但也已經很不錯了。就算年紀再大，我的口味還是有點孩子氣，所以我毫不猶豫地往莉莉端來的咖啡裡加了好幾勺糖。

「莉莉，妳也坐下來一起吃吧。」

「看著公主殿下開心地享用，我就已經滿足了。」

唉，一起吃不是更好嗎？不過莉莉又露出充滿母愛的笑容看著我，我也就不再堅持。她一直很喜歡親自做點心給我吃、在我睡前幫我梳頭、照顧我的一切生活起居。我也很喜歡莉莉，即使到了十七歲，我也沒有拒絕這般溫柔的照顧。

「公主殿下什麼時候長得這麼漂亮了呢……」

過去兩年裡，我長高了不少。相較於從前，臉上的稚氣漸漸消失，臉頰的嬰兒肥沒了，變得更加清秀；身材也不再像個小孩，曲線變得更加明顯。也許是因為這樣，莉莉最近經常會看著我小聲地自言自語。我對她露出笑容，俏皮地回答。

「我本來就很漂亮嘛。」

「當然了。公主殿下從出生的那一刻起就是世界上最漂亮的寶寶。」

咳咳，面對我的玩笑，她也總是認真回應。雖然有點害羞，但我真的很喜歡莉莉給予我的關愛，也總是忍不住對莉莉撒嬌。我就這樣一邊吃著點心，一邊查看邀請函，然後準時前往石榴宮。

「爸爸，休息時間到了！」

克洛德今天也在書房裡與一堆文件奮戰。在我推門進去時，他抬起了帶著輕微黑眼圈的面容。一開始，我還會小心翼翼不去打擾正在忙碌的克洛德，但現在我知道如果不打斷他，他可能整夜都不會從書房出來。看到和昨天一樣在同一時間來到書房的我，克洛德閉上眼睛片刻，再次睜開。

「菲力斯。」

「是的，陛下。」

聽到克洛德平靜的呼喚，站在我身後的菲力斯低頭回答。

「每到這個時候，朕總覺得自己像被牽著出去散步的狗一樣，是朕的錯覺嗎？」

「這是公主殿下體貼您的舉動。為了陛下的健康著想，公主殿下每天都會在這個時間前來書房，這份心意著實令人感動。」

「沒錯，爸爸。您怎麼能說是被牽著出去散步的狗呢？這個描述也太過分了。」

「況且，不論是動物還是人類，適當地曬曬太陽、活動活動雙腿是很重要的，陛下。」

做得好，菲力斯！跟這個哥哥相處了這麼多年，現在我們算是很合得來了吧？看到菲力斯現在的樣子，我簡直不敢相信他以前那麼不會察言觀色。嗯，當然在這個過程中，也發生了很多事。

無論如何，聽到我和菲力斯滔滔不絕的勸說，克洛德不禁皺起眉頭。哼哼，只要放棄抵抗，一切都會變得很輕鬆喔。

「好了，爸爸快把手頭的工作告一段落，今天也一起出去吧。就像菲力斯說的，人需要適當地曬曬太陽、出去走走。」

「唉。」

克洛德不悅地嘆了口氣，但並沒有把我趕走。

「我就在這裡乖乖等著。」

我笑盈盈地坐在為我準備的柔軟沙發上。咦，奇怪了。兩年前我把房間的沙發也換成這個款式，為什麼坐上去的感覺卻不一樣呢？好奇怪，書房的沙發似乎更加柔軟。

動。

雖然想要更仔細地感受這張沙發的柔軟度，但為了不干擾克洛德，我決定忍住不亂

「爸爸，我們每天都去後院散步有點無聊，今天去花園吧。」

不久後，我拉著克洛德的手離開了石榴宮。菲力斯已經習慣遠遠地跟在後面，畢竟克洛德總是教訓他不要出現在他的視線範圍，要站在十步之外，所以曾經不解風情的菲力斯現在也學會了在克洛德和我獨處時自動保持距離。一開始被趕走時，他都會垂頭喪氣，現在似乎已經適應了。嗯，換個角度想想，這是否意味著他已經被訓練到能適應虐待了呢？唉，突然覺得菲力斯有點可憐……

「爸爸您看，出來走走不是很好嗎？」

「太麻煩了。」

「如果因為麻煩就老是待在室內的話，身體會不好的。爸爸要考慮到自己的年紀啊。」

聽到此番建言，克洛德忍不住微微皺眉。哈，我提到年紀讓你不高興了嗎？但這是事實啊。當然，克洛德仍保持著不合常理的年輕外貌，但只有外表年輕有什麼用呢？因為過度疲勞，他每天都看起來疲憊不堪。

如果聽到這種話，克洛德一定會拒絕承認，但不管怎麼說，平時不喜歡運動的人不僅經常整天關在書房，睡眠時間還不規律，所以我才不得不擔心啊。

「還有，您一定要在床上休息，不要總是睡在沙發。如果您再這樣，我就要把沙發搬走了。」

克洛德似乎無法改變在沙發上睡覺的習慣，即使只是小憩，他也總是在沙發上不舒服地打盹。聽見我這麼說，克洛德似乎覺得很是頭痛，忍不住開始喃喃自語。

「我唯一的女兒怎麼越來越嘮叨了呢？」

「除了我之外，還有誰會對爸爸說這些呢？」

更何況就算菲力斯說一百遍，你也不會聽吧。至少我這樣嘮叨，你會稍微注意下自己的身體。唉，這麼關心爸爸的健康，我真是個好女兒。你不應該稱讚我嗎？不想對我說只有我對你最好，然後更加寵愛我嗎？不過克洛德畢竟是克洛德，他根本沒有想稱讚我，反而用帶著無奈的語氣繼續說道。

「被女兒當成需要散步的小狗，還得每天聽一堆嘮叨，看來我也算是走投無路了。」

喂，怎麼又說自己被當成狗！我只是想讓你出門走走而已，怎麼就變成把你當狗了？雖然是我強迫你出門散步沒錯……

「話說回來，這個花園妳不膩嗎？」

克洛德看了看周圍，突然這麼問道。聽到他的話，我也跟著環顧四周。我們現在所在的地方是一座盛開著粉紅玫瑰的花園。當然，這裡也是克洛德為我特別打造的地方。

咦，我還滿喜歡的，難道爸爸看膩了嗎？

「那下次散步時，我們換條路線如何？」

咳咳，這話一說出口，就感覺自己像是在考慮帶寵物去哪裡散步。都怪克洛德之前一直提到狗的話題啦。

「菲力斯。」

克洛德剛開口，一直跟在後面的菲力斯立刻走了過來。

「是的，陛下，您有什麼吩咐？」

「從明天開始，把這裡改造成熱帶植物園。」

噗！克洛德突如其來的命令讓我忍不住瞪大眼睛。不是吧，你突然在說什麼啊？聽到呼喚而立刻趕來的菲力斯也被嚇了一跳。

「熱帶植物園……您是認真的嗎？」

「嗯。阿塔娜西亞已經厭倦這座玫瑰花園了。」

什麼？我厭倦了？聽到原因突然被扣到我身上，我嚇得急忙開口反駁。

「爸爸，我什麼時候這樣說過了？」

「妳上次不是說在伊萊恩侯爵家看到的花園給妳留下了深刻的印象嗎？妳提到的那種花叫……」

啊，等一下！你是因為那個才突然這樣的嗎！

「對，是叫彩花馬兜鈴嗎？」

咳、咳咳！克洛德居然準確地說出了那個華麗的名字。

「什麼？彩花馬兜……」

「彩花馬兜鈴。」

「彩花馬兜鈴……原來還有這種花。我得好好記住才行。」

這兩個男人一致地用嚴肅的神情念著這個名字，這個花的學名實在太雅緻了，反而讓人覺得有點滑稽。最重要的是，這個名字一點都不適合他們！別用那麼正經的臉，配上這種像是抹了奶油的發音來講話嘛！

「爸爸，我什麼時候說過我喜歡那種花了？」

而且我覺得有點冤枉。我只是在伊萊恩侯爵家看到那種花覺得很特別，所以印象很深刻而已，怎麼會變成現在這樣呢！

「妳不是說過想再去伊萊恩侯爵家？所以我打算在皇宮裡也建造一座熱帶植物園，有什麼問題嗎？」

問題可多了！可太多了！

「如果妳沒有特別喜歡那種花，不可能把那麼難的名字記得一字不漏。而且妳才剛回來沒多久就想再去欣賞，不是嗎？」

「陛下說的確實很有道理。」

菲力斯也嚴肅地點頭贊同。不，才不是這麼一回事！實話實說，克洛德一直不太喜歡我離開皇宮，或許正是這個原因，他才想在皇宮裡建造熱帶植物園。但怎麼偏偏選了彩花馬兜鈴！我不喜歡那種花！那才不是我的風格！

「爸爸，我就喜歡現在的這座花園。」

「不必如此客氣。菲力斯，現在馬上……」

「等、等等。伊萊恩侯爵家的花園雖然也不錯，但爸爸為我打造的這座花園更美，我更喜歡。您看，這些玫瑰是那麼燦爛漂亮！」

來，快看看這些玫瑰！這麼漂亮的玫瑰，你真的要全部剪掉嗎？真的嗎？你要對這些美麗的玫瑰做出這麼殘忍的事情嗎？嗯？

「公主殿下確實很適合這些玫瑰花。」

菲力斯看著站在花朵前的我，滿意地評價。對，克洛德，你也看看我！看看被玫瑰圍繞的我，絕對比被那些名字冗長的熱帶植物包圍的我更好！但克洛德對我的不滿，似乎不僅僅是伊萊恩侯爵家的花園，也許是我最近常以散步為由強迫他出門，進而積累了許多不悅。

「不，我也得親自看看彩花馬兜鈴到底有多漂亮。菲力斯，馬上把這座花園改造成熱帶植物園。」

「是的，陛下。」

「不、不要！爸爸，等一下！菲力斯，你也別急著走啊！在那裡等我！」

情急之下，我腳步一刻也不敢停地追趕著繼續開始往前走的克洛德。我必須用盡一切辦法來保護我的玫瑰花園，嗚嗚。

❖❖❖

哼嗯，我看著眼前的紫色花朵，忍不住輕聲嘆氣。

「公主殿下今天也在欣賞彩花馬兜鈴呢。」

「呵呵，它的外觀真是獨特。」

我看著那布滿白色花紋的花朵，笑著退後了兩步。這種花會被種在家裡，一定是家裡有人喜歡吧？嗯，當然，我尊重每個人的喜好，但也請尊重我的喜好啊，嗚嗚。每次看到這種花，我都會忍不住起雞皮疙瘩。難道是因為花瓣上密密麻麻的白色花紋嗎？

「上次公主殿下看起來很喜歡，我後來查了一下，聽說這種花的另一個名字是『煙斗花藤』。」

「啊，煙斗花藤……」

我回應著百合少女，臉上的笑容卻突然一僵。

等、等一下……我什麼時候說我喜歡了？我上次只是說了句「哇……這種花真特別，讓人印象深刻」而已啊！但看百合少女那麼開心地講解，我也不好意思說那種花我不是很喜歡。畢竟我對可愛的女孩子總是沒有抵抗力，嗚嗚。

「我已經吩咐女僕準備好茶點了，請往這邊走。」

今天，我久違地拜訪了伊萊恩侯爵家，邀請我的正是成年舞會時結下緣分的百合少女——海雷娜．伊萊恩。

自從十五歲在綠寶石宮舉行舞會之後，我偶爾也會去拜訪寄來邀請函的貴族。

我想起不久前克洛德宣布要把我的玫瑰花園變成熱帶植物園的事，不由自主地抖了一下。嗯，我最後順利守住玫瑰花園了，成功阻止克洛德對我美麗的玫瑰伸出魔手！

「對了，公主殿下。現在在您背後的，是您上次來的時候施了魔法的植物。」

「喔，是嗎？」

聽到她的話，我微微張大眼睛並轉身一看。果然，那是上次我來伊萊恩侯爵家時看到的、外觀和葉子形狀相似的花。

「花瓣是藍色的呢。」

「很漂亮對吧？聽說還要再過一週才會完全綻放。」

原本快要枯萎的植物竟然長出了這麼可愛的花苞。事實上，那是我使用了最近修改的亞埃泰勒尼塔斯的魔法陣的結果。當時我正好需要測試新的魔法陣，而百合少女給了我這個機會，我便對這株快要枯死的植物施展魔法，看來結果非常成功。

「如果不是公主殿下，它肯定沒辦法長出這麼漂亮的花苞。」

任何魔法都不應該被濫用，但如果再稍微修改一下魔法陣，或許可以讓歐貝利亞相對貧瘠的北部土壤也能種植糧食。

我一邊思考，一邊啜飲著散發香氣的茶。

「那、那個，公主殿下……」這時，百合少女突然紅著臉猶豫地說道：「路卡斯大人最近還好嗎？」

啊，百合少女今天依舊如此純情。自從路卡斯被冠以「孤獨的黑狼」之名，她堅定的心意已經維持了三年之久。呵呵，路卡斯真是個罪孽深重的傢伙！

「他一直都那樣。最近黑塔好像滿忙的。」

「畢竟他是黑塔裡最厲害的魔法師嘛。」

咳、咳咳，百合少女的迷戀就跟她的純情一樣始終如一。話又說回來，畢竟他是黑塔裡最年輕的魔法師，確實很了不起。不過，黑塔裡還有塔主爺爺和其他經驗豐富的魔法師，她竟然直接將路卡斯視為最頂尖的存在。我有時候也會想，路卡斯或許真的是歐貝利亞最強的魔法師也說不定……

「嗚嗚，上次公主殿下舉辦的茶會時，我恰巧遇到了路卡斯大人。他真是從頭到腳都光彩照人，那耀眼的模樣讓我差點昏倒。但看他帥氣背影中流露的孤獨感似乎每年都在不斷加深，我就感到無比心痛……」

啊，又開始了。我看著百合少女露出一臉如夢似幻的神情，雙手緊握的她彷彿正在祈禱般，沉浸在自己的世界。

「如果能擁抱他的背影，哪怕只有一次，那該有多好啊……」

在這種狀況下，我的存在似乎都變透明了。呵呵，但我也已經習慣了。

「唉，以前我真是太年輕了。如果能早點遇到路卡斯大人，就不會被賈爾埃公子迷惑了。」

聽著百合少女的發言，我又啜飲了一口茶。

「每當看到他那深邃又孤獨的紅色眼眸，我的心中就充滿了……」

嗯，這茶的香氣還不錯，我是不是也該進一些到綠寶石宮？

❖ ❖ ❖

「奇怪，怎麼這麼黑？」

「別開燈！」

一聽到有人來到我的房間，我馬上開口嚇阻，但已經太遲了。啊，我的眼睛！唉，沒事動作那麼快幹嘛！我在狹窄的門縫中看到了一個黑髮紅瞳的少年。房間被突然點亮，刺痛的雙眼讓我忍不住皺起眉頭，路卡斯則馬上把頭靠了過來。

「妳關著燈是在幹嘛？」

還問得真是時候，就不能在開燈前先問嗎？但我決定大方地原諒他。我躺在床上，悠閒地喊了路卡斯一聲。

「路卡斯，過來看看。」

「我是狗嗎？」

啊，最近大家怎麼都在說「狗」這個字啊？難道他們都覺得自己像狗嗎？我感覺自己有點冤枉了，嗚嗚。不過，路卡斯嘴上抱怨，但還是按照我的指示行動。看吧，最後還不是乖乖過來了，還擺什麼架子呢。

「你再靠近一點。」

你是在玩一二三木頭人嗎？幹嘛走到一半就停下來？我躺在床上，轉頭催促路卡斯，但即便我一再催促，他還是皺著眉頭，看起來不太情願的樣子。

「怎麼了？你過來看一下嘛。」

真讓人頭痛。最後，我不得不從床上起身，向距離我幾步之遙的路卡斯伸出手。看到我的動作，路卡斯這才終於邁出腳步。我拉住路卡斯的手，儘管他的手臂好像微微抖了一下，但我並不在意，繼續將他拉近。路卡斯沒有像之前那樣抵抗，我很輕易就把他拉到我身旁。

「你看這個。」

我揮揮手，把路卡斯點亮的燈再次熄滅。俗話說得好，如果每天聽著讀書的聲音，三年後也能讀出風月³。如今我已練習魔法三年，這種程度閉著眼睛都能做到。

我施展完魔法，天花板立刻出現閃閃發光的魔法陣。這是我剛才在空中畫好的魔法陣。昨晚睡前覺得有點無聊，我就試著將魔力拉成細長的絲線，並在空中塗畫，最終在天花板描繪出銀河般星光熠熠的景緻。啊，這畫面讓我的心情變得無比平靜，就像以前躺在小黑背上看夜空那樣。

「你不覺得這個魔法陣很像星空嗎？」

「妳最近對研究魔法陣好像很感興趣。」

即使面對這美麗的景象，路卡斯也只是用一副無精打采的聲音回答。看到他這般無動於衷，我不禁有些訝異。

「不覺得很美嗎？我昨天才發現的，你是第一個看到的耶！」

「是啦。很美啦，很美。」

「啊，你剛剛嘆氣了吧？你覺得我很無聊嗎？」

「與其那麼說……」

路卡斯有點感慨地喃喃自語，我發現他的臉在柔和的光線下浮現些許困惑。

「我只是突然有點懷疑自己為什麼會和妳一起玩這種無聊的角色扮演遊戲。」

3 서당 개 삼 년이면 풍월을 읊는다，韓國俗諺，比喻如果在某個領域沉浸多年，也可以積累一定的知識和經驗。

「什麼？角色扮演？」

「對，角色扮演。」

我眼睛一眨，耳邊的聲音突然變得低沉又渾厚。此時此刻，眼前的少年倏然變成一個成熟男性，那雙低垂的紅色眼眸正靜靜地凝視著我。

呆愣片刻，我深深地吸了一口氣。

嘩啦——

我的心跳甫一加速，魔力便迅速散去，天花板上閃爍的光芒也瞬間消失。啊……我嚇了一跳，本能地坐了起來。

「你……我之前不是說過不要做這種事嗎？您……」

啊，我怎麼突然用了敬語？看到成年版的路卡斯，我怎麼就不能像以前那樣自然地對待他呢？昏暗的房間使我無法看清身旁的人，但我反倒覺得有些慶幸。至少此時此刻，路卡斯看不到我驚慌失措的表情。

黑暗中響起了一道慵懶的聲音。

「我覺得妳太毫無防備了。」

手腕上突然感受到一絲溫暖，我不禁驚訝地愣在原地。我本想坐起身，肩膀上的力道卻制止了我的動作。

「會讓我忍不住想捉弄妳。」

力道雖然不強，但也無法輕易掙脫，我最終又不得不躺回床上。

眼前一片漆黑，但我知道路卡斯就在我身邊。我試著努力讓自己平靜下來。這是路卡斯，雖然外表變成熟了一些，但他還是路卡斯！我努力保持鎮定，開口說道。

「不分晝夜隨意進出我房間的你似乎沒資格說這些吧？」

「反正只有在我變成這副模樣時，妳才會注意到我。」

旁邊傳來一陣輕笑。啊，感覺好奇怪。為什麼我會這麼緊張呢？耳邊的低沉聲音讓我耳朵好癢。

「我本來就不是小孩，妳應該很清楚才對。」

突然，一股溫暖的觸感壓了下來，我嚇得抖了一下。等一下，你為什麼要這樣壓著我的手腕？路卡斯抓著我的手腕，那在皮膚上來回撫摸的手指讓我忍不住想將手抽開。

「還是說，我們公主殿下的記性其實不太好？」

路、路卡斯？你不覺得我們現在距離太近了嗎？就不能像之前一樣……耳邊傳來的低語就像抹了蜂蜜，讓我非常、非常……

「或許我應該時常提醒妳？」

「……」

「妳希望我那樣做嗎？」

低沈的嗓音在耳邊迴盪，讓我整個人瑟縮般抖了一下。雖然眼睛已習慣黑暗，但那既熟悉又陌生的身影卻使我幾乎不敢呼吸，只能抬頭望著從上方俯瞰著我的路卡斯。然而，緊張的氛圍卻立刻被打破。

「妳呼吸啊。」

「啊，快放哀偶？」

啊，快點放開我的鼻子！路卡斯突然戲謔般捏住我的鼻子，我只能不斷掙扎。突然間，視線瞬間一片明亮。

啊，我的眼睛！我本能地舉起手遮住眼睛。我剛才不是說過了，開燈前給點預告好嗎？嗚嗚。

「下次小心點。」

突如其來的光線讓我用手揉了揉眼睛。這時路卡斯已經從床上起來了，看到他的模樣，我不禁鬆了口氣，現在他又恢復成少年的模樣。從去年開始，路卡斯尚未重新塑造身體，所以與兩年前相比，他的外表並沒有太大變化。但問題是，路卡斯偶爾會變回成年模樣來嚇我，而他似乎很享受這種樂趣。

「不要隨便讓男人躺到妳的床上。」

「你是隨便的男人嗎？」

這個傢伙有時候會說一些有趣的話呢。我們從幾歲就認識了，幹嘛突然這樣？

「當然，我不是隨便的男人。」

聽到我的話，路卡斯瞬間頓了一下，然後用微妙的語氣回答。那聲音聽起來既滿意又不滿意，非常模稜兩可。

「確實沒必要過於戒備。」

啊，我以為路卡斯準備離開，但他又走了回來。我仍揉著刺痛的雙眼，不滿地看向今天有些奇怪的他。

嗯？他這是要說什麼祕密嗎？為什麼突然這麼靠近？我坐在床上，疑惑地看著他彎下腰。隨後，我被路卡斯的聲音嚇得肩膀一抖。

「不過妳也別太掉以輕心了。」

「──！」

「妳那種眼神會讓人想欺負妳。」

成熟低沉的嗓音直接鑽進耳中。我本能地把身體往後仰，但眼前還是那個保持著少年模樣的路卡斯。

「你還想繼續開玩笑嗎？」

我氣得抓著發燙的耳朵大聲抱怨，但路卡斯只是繼續露出惹人厭的微笑，如出現時那般無聲無息地從我眼前消失。我只能望著他留下的空位，獨自小聲呢喃。

❖❖❖

「又有人送禮物給公主殿下了。我會把禮物搬到平時收納的房間。」

今天我也在和克洛德一起愉快地散步後，回到了綠寶石宮。唉，克洛德又用那種危險的眼神看我的玫瑰了。關於熱帶植物園的事，我還以為上次已經完全說服他了呢。

「寄給您的邀請函也變多了，公主殿下。來自公子們的信件也有這麼多！」

今天不是瑟絲，而是漢娜整理了我收到的邀請函。哎呀，看起來的確比平時還要多呢。

「每當看到公主殿下變得越來越美麗，臣就感到非常激動。當然，陛下似乎有點憂心忡忡。」

菲力斯看著我，眼中充滿了和莉莉非常相似的憐惜。我知道，每當他們這樣看著我時，心中想起的人究竟是誰。隨著越長越大，我的容貌也越來越像媽媽黛安娜了。

「自從公主殿下開始參與社交活動，公子們就一直試圖與您親近。傳聞十分帥的賈爾埃公子和杜克公子也天天寫情書給公主殿下呢。」

「漢娜，那不是情書。」

「哎呀，公主殿下您太單純了。男士們可不會沒有私心就每天寫信。但其實我更支持亞勒腓公子……」

原來漢娜是伊傑契爾的支持者……還記得之前收到青鳥時，她就特別激動地提起伊傑契爾。最近，宮裡的人和名媛千金們也越來越常提起伊傑契爾，讓我總是忍不住想起他。

「其實明天的郊遊會，陛下似乎不是很滿意，但這樣的日子應該不會持續太久。公主殿下結婚後，陛下一定會很孤單……」

這時，一旁的菲力斯用淒涼的聲音說道。

啊，那種擔心還為時尚早吧。

「沒關係，我暫時不想結婚。」

「什麼？」

「什麼！」

我的話讓大家驚訝地張大嘴巴。嗯，可能是身為帝國公主，卻表示自己不想結婚，讓他們十分驚訝吧？但他們很快就平靜了下來。或許他們只是把我的話當作這個年紀的人常說的那些「我只想和大家一起生活」之類的吧。很快地，菲力斯點點頭回答。

「如果公主殿下這麼說，陛下肯定會很高興。」

「我當然希望公主殿下能在綠寶石宮長久地陪伴我們。」

「啊，我希望公主殿下不論結婚與否，都能讓我繼續服侍您！」

「漢娜，這種理所當然的事就不用拿出來說了。」

嗚嗚，綠寶石宮的人果然一如既往地和樂融融。

就在我感受著突如其來的溫馨氛圍時，平時很常跟漢娜吵鬧的瑟絲對我說道。

「公主殿下，如果有奇怪的公子纏著您，請務必告訴我。我會悄悄地……」

嗖嗚——瑟絲的鞋跟露出一道精光。不、不愧是驅蟲專家！正如她的外號，蟑螂獵人瑟絲！多年的經驗讓她擁有不亞於某滅螂公司的殺傷力，她無聲地展現了自己的強大！

「羅培因大人，您是公主殿下最親近的護衛。我相信您在明天的郊遊會也會好好保護公主殿下，不讓危險的公子靠近。」

「對，我們相信羅培因大人！」

「好的，明天我會特別留意周圍的人。」

菲、菲力斯，你為什麼要用那麼堅定的口氣回答？況且明天的郊遊會只有名媛們會參加啊。幸好莉莉看著他們無奈地搖搖頭並嘆了口氣，讓我感到一絲絲安慰。

「公主殿下，您上次訂製的絲質手套今天剛完工。上面的刺繡非常精美，您現在要去看看嗎？」

「好。莉莉，我們一起去看看吧。」

我心情複雜地看著意志堅定的菲力斯，還有一旁不斷慫恿他的瑟絲和漢娜，和莉莉一起搖著頭離開了房間。

「郊遊會？那好玩嗎？」

今天路卡斯又來到了我房間，聽到郊遊會便不屑地哼了一聲。我想起上次的事情，瞥了他一眼，但他就像什麼都沒發生過一樣，眼睛連眨都沒眨一下。唉，算了算了，跟他計較，只有我會吃虧。我拿起桌上的茶杯，漫不經心地回答。

「不管好不好玩我都得去，畢竟是亞勒腓家主辦的。」

「那傢伙？」

聽到我的話，路卡斯皺起了眉頭。從他的表情來看，我很清楚他現在在想誰。在這方面，路卡斯還真是一點都沒變。

「對，是珍妮特寄來的邀請函。」

「啊，那個奇美拉。」

「她不是奇美拉。」

這次換我皺眉頭了。路卡斯幹嘛一直說珍妮特是奇美拉，雖然珍妮特不是透過普通方式出生，即使如此，那樣形容她也太過分了吧？她那麼善良又那麼漂亮。

「喔，是嗎？」

呃，是我的錯覺嗎？為什麼我突然有種不祥的預感？

「你不會是想跟來吧？」

「妳覺得我有那麼閒嗎？」

路卡斯似乎覺得我的話很荒謬，發出了輕蔑的笑聲。唉，但這種可疑的感覺為什麼還是沒有消失呢？從以前開始，路卡斯就是那種靜不下來、不知道會做出什麼事的人，所以我才會一直放心不下。我繼續用懷疑的眼神盯著他，而他則是睜大眼睛，露出一副不知所以然的無辜表情。看他這個樣子，我對他的懷疑反而更加強烈了。嗯，眼前的路卡斯怎麼看都像是披著羊皮試圖欺騙我的狼。

「你可不能出爾反爾。」

「幹嘛？就算妳邀請我一起去，我也不去。」

我看著路卡斯厭惡反感的表情，疑惑地歪了歪頭，最終還是只能勉強收起對他的懷疑。

❖
❖
❖

第二天，我為了參加亞勒腓家主辦的郊遊會，坐上了離開皇宮的馬車。

其實使用瞬間移動更快、更有效率，但那樣就無法帶著隨從一起去，而且被克洛德發現的話，他們就會丟掉工作。之前外出時就發現長時間坐馬車會非常不舒服，所以我特意施加了防震和空氣淨化的魔法，享受了一段舒適又平穩的馬車時光。哈，床……不對，馬車就是需要科技！

「公主殿下，我們到了。」

經過一段時間後，我聽到菲力斯的呼喚，便從馬車上走了下來。

「公主殿下！」

當我扶著菲力斯的手踏上地面時，一道清澈的聲音立刻在耳邊響起。我看向朝我跑來的少女，她絲毫不在意自己精心打理的頭髮是否因奔跑而變得凌亂。

「嗨，珍妮特。妳最近過得好嗎？」

在我笑著打招呼後，珍妮特也露出燦爛的笑容。

「公主殿下，歡迎您前來。我很想念您。」

她的藍色眼眸在陽光下像水晶球一樣閃爍著璀璨的光輝。啊，今天她的笑容似乎特別明亮呢。如果說兩年前的珍妮特還是尚未完全綻放的花蕾，那麼現在的她無疑是一朵初次綻放且散發著豔麗氣質的花朵。換個更直白的說法，十七歲的珍妮特簡直美得驚人。

我對美人一向沒什麼抵抗力，就像嬰兒時期就對清純漂亮的莉莉很是著迷那樣。我想現在我的臉上一定帶著滿意的微笑，看起來既放鬆又愉悅吧？

「啊，珍妮特，等一下。妳的頭髮有點亂了。」

說到這裡，她的完美中居然有一絲瑕疵！我舉起手整理著珍妮特凌亂的髮絲。儘管這點並未減損她的美麗動人，但既然是為了今天的郊遊會特別精心打扮，還是維持原來的樣子更好。

「好了，現在沒問題了。」

「謝謝您，公主殿下。」

雖然有些害羞，但珍妮特並沒有拒絕我的好意。啊，菲力斯，你為什麼要用一種爸爸看女兒的微笑看著我們呢？

「那些提早抵達的名媛們在那邊等了。公主殿下，我們一起過去吧。」

我在菲力斯的注視下有些尷尬地轉過頭，並跟隨珍妮特邁出腳步。就像我和百合少女變親近那樣，我現在也習慣叫眼前的人珍妮特，而不是瑪格麗塔小姐了。

看來隨著時間流逝，我和珍妮特也變得更加親近。儘管曾對她有所懷疑，但我現在知道使用黑魔法傷害我的人並非珍妮特。

「天啊，公主殿下，歡迎您前來！」

「好久不見。」

「您今天真是太美了。」

受邀的名媛們一看到我就從座位上站了起來，興奮地與我交談，而我也笑著向她們問好。

「我也很高興見到妳們，不知道我是否來晚了呢。瑪格麗塔小姐，謝謝妳今天邀請我。」

「公主殿下太客氣了。您能來參加是我們的榮幸。」

由於今天的聚會是公開場合，我特意用「瑪格麗塔小姐」來稱呼珍妮特。

「聽說她直接離席跑了出去。」

「天哪，真的嗎？太意外了，哈哈哈。」

「巴倫汀小姐肯定很尷尬吧。」

名媛們的閒聊持續了許久。為了不破壞氣氛，我也會適時加入她們的談話。嗚嗚，這真的不是我喜歡的風格，但畢竟是亞勒腓家為珍妮特首次舉辦的郊遊會，所以我還是來了。

「對了，瑪格麗塔小姐不是也喜歡德布尼克的紅茶嗎？」

我向靜靜聆聽其他名媛們聊天的珍妮特笑著問道。聽到我的聲音，珍妮特驚訝地睜大眼睛，隨後便笑著回答了我的問題。

「是的，我特別喜歡德布尼克的紅茶，特別是加了檸檬的香茶。」

「德布尼克的紅茶中也有跟咖啡混合的新口味喔。」

「啊，真的嗎？下次我一定要嚐嚐看。」

「哎呀，公主殿下和瑪格麗塔小姐都喜歡德布尼克的紅茶呢。」

「我媽媽經常喝，我應該也來嚐試看看。」

看著珍妮特愉快地與其他名媛們交談，我暗自露出滿意的微笑。嘿，一切按計畫進行！這是她第一次主辦這種聚會，似乎不知道如何加入對話，讓我稍微有點擔心，但現在我可以功成身退了。看著珍妮特臉上泛著的淡淡紅暈和那無比燦爛的笑顏，她的美貌真是無與倫比。啊，美人太珍貴了，美人就應該被大家好好珍惜保護。

但說實話，不僅是珍妮特，這裡所有名媛都像各具特色的美麗花朵一樣嬌豔迷人。是啊，美本來就是主觀感受，不需要排名。從這點來看，我很高興自己的臉蛋也符合我的品味。

沙沙！

咦？旁邊的灌木叢突然發出沙沙聲響，並開始輕微搖晃。

真奇怪，現在明明沒有風啊。

「咦？」

「那邊的灌木叢是不是有點奇怪？」

不久之後，不只我，其他名媛也感覺到了異常。啊，我想起來了，這裡是森林的邊界吧？那可能是迷路的小鹿之類的？雖然亞勒腓家不可能選擇有野生動物出沒的地方作為郊遊會的場所，但我知道附近有皇室所屬的狩獵場。為了應對可能發生的意外情況，我悄悄在手指上聚集魔力。

沙沙——！

「啊！」

看見從灌木叢中跳出來的生物，我終於放鬆緊張的情緒，把手放了下來。

「哇，是一隻小兔子。」

「好可愛喔。」

那位迷路的動物朋友，是一隻小小的兔子。幸好我沒有反應過度使用魔法，否則場面應該會很尷尬。

「毛茸茸的，摸起來好軟。公主殿下您要不要也摸摸看？」

她們這樣隨意撫摸，兔子可能會害怕，而且我現在對動物……不太感興趣。

「我就不用了，謝謝妳們。」

我在名媛們過度興奮的反應中，繼續保持距離，往後退了一步。

沙沙。

森林中再次傳來了沙沙的聲響。這次會是兔子媽媽嗎？

沙沙——！

啊，那個影子怎麼看都像是熊啊！

「大家請稍微往後退一點。」

從森林中走出來的身影比兔子大了許多，看起來既龐大又壯實。真奇怪，為什麼會選擇這麼多動物出沒的地方作為郊遊會場所呢？雖然無法確定那是什麼生物，但至少可以肯定那絕對不是小動物，提前做好防備準沒錯。

「那是什麼？」

「嗯，現在還不太清楚。」

珍妮特帶著不安和好奇的聲音詢問道。但從目前的狀況來看，我們還無法確定那個生物的真實身分。我讓名媛們往後站，向前伸出了手臂。菲力斯和其他騎士們也擺出防禦姿勢，對著森林警戒。

沙沙沙沙——！

隨著沉重的腳步聲，一個巨大的身影終於穿過森林邊緣，走進陽光之中。

「哎呀，看來是我迷路了。」

出現在我們眼前的並不是熊。

我對這個意外出現的人物感到非常驚訝，忍不住瞪大了眼睛。

「亞勒腓公爵？」

不是吧，小白叔叔！你怎麼會從那裡出來？

從森林中現身的，是身穿狩獵服裝的羅傑・亞勒腓。騎士和名媛們也因這令人意外的人物而詫異地瞪大眼睛。但受到所有人矚目的亞勒腓公爵臉皮卻異常厚實，只見他臉不紅心不跳地笑著開口說道。

「您好，公主殿下。願歐貝利亞的繁榮與您同在。」

不要這麼淡定地打招呼啦！我懷抱著無比震驚的心情，放下了手臂。

「公爵親自造訪郊遊會，是有什麼事嗎？」

一旁的珍妮特也驚訝地睜大雙眼，錯愕地喊了一聲「叔叔」。看他穿著狩獵服的樣子，剛才應該是在附近的狩獵場……令人不解的是，他為什麼要假裝偶然出現在這裡呢？

我瞇起眼睛對他發問，亞勒腓公爵立刻開口回答。

「那是因為……」

「父親，我本來不想插嘴，但不管怎麼想，這個方向……」

沙沙。

就在這時，亞勒腓公爵身後又出現了另一個人。當那個如畫般英俊的男子在陽光下顯露出身影時，我背後隨即出現了一陣小小的騷動。

「哇啊！」

「天啊！」

「亞、亞勒腓公子？」

呃啊，小白叔叔後面的人是伊傑契爾！但他的出現引發的熱烈反應與小白叔叔截然不同。亞勒腓公爵似乎也有些尷尬，偷偷乾咳了幾聲。伊傑契爾與我目光相遇後微微愣了一下，隨後瞇起眼睛瞄了父親一眼。

「今天早上我和伊傑契爾一起來狩獵，卻在森林裡迷了路。不好意思，走著走著就來到這裡了。」

「啊，您從獲得許可的狩獵區域走了很遠才到這裡吧。竟然迷路到這種程度……」

聽到亞勒腓公爵的解釋，菲力斯不可置信地喃喃自語。他帶著些許同情，默默看向亞勒腓公爵。

「下次請小心一點，在未獲許可的區域狩獵可是要被罰款的。」

「咳咳……」

我沒有惡意的忠告讓小白叔叔額頭上微微泛起青筋。畢竟，他本就不是真的迷路才來到這裡的。

我大致了解情況之後，也不知道該不該笑，心情有些複雜。伊傑契爾似乎也跟我一樣感受到亞勒腓公爵的奇怪行為，對在場眾人恭敬地道歉。

「如果我們的意外造訪驚擾到諸位，實在非常很抱歉。沒想到會走到郊遊會的場所，恕我們失禮了。」

「哎呀，公子，不要緊的！」

「我們反而很高興能見到公子！」

「既然來了，不如一起喝杯茶怎麼樣？」

伊傑契爾的出現讓郊遊會的氣氛一下子熱絡了起來。畢竟他是歐貝利亞最受歡迎的新郎候選人嘛。

而且伊傑契爾到了二十歲仍未訂婚，在名媛之間受歡迎也是理所當然。嗯，該怎麼說呢？雖然他平時的正裝打扮也很帥氣，但穿著狩獵服的伊傑契爾更有一種野性的美，散發著一股成熟男人的魅力。簡而言之，他真的是極為耀眼。

「是呀。今天的郊遊會剛好是亞勒腓公爵家準備的，不是嗎？」

話說小白叔叔，你的計畫進行得還順利吧？看著名媛們欣喜雀躍的樣子，我也不好意思站出來反對，況且今天的郊遊會也不是我主辦的，我並沒有理由趕他們走。當然，儘管身為地位最尊貴的人，也有權力決定他們去留與否，但我打算先靜觀其變。

「那請把狩獵用具交給侍從吧。」

看到他們到來，珍妮特似乎相當高興。可能是她一個人要負責郊遊會壓力有點大吧。說起來，這是亞勒腓家為珍妮特首次舉辦的郊遊會，但亞勒腓公爵夫人怎麼不在呢？難道是珍妮特希望自己獨立負責嗎？嗯，按照珍妮特的性格，這種可能性似乎也滿高的。

「感謝公主殿下的諒解。年紀大了，在不算寬廣的狩獵場裡找路都變得有些困難。」

「哎呀，是嗎？那您狩獵成果如何？」

我開玩笑地問道，小白叔叔只是尷尬地乾咳了幾聲。不過名媛們似乎已經不再關心他們出現的原因，大家看到伊傑契爾的到來都十分興奮。

「我沒有不解風情到要介入年輕人聚會，我會自己打發時間的。請您幫我轉告伊傑契爾。」

喂，叔叔，你以為自己是愛情的丘比特嗎？雖然你努力的模樣滿可愛的，但這還是有點過分。從兩年前開始，這位叔叔似乎就莫名想要討好我，讓我覺得非常奇怪。我冷冷看著逐漸遠去的亞勒腓公爵。

「羅培因大人果然也在這裡。」

「我是公主殿下的護衛騎士，但您的其他隨從呢？」

「我把他們留在森林裡了，請不用擔心。」

「難道隨從也迷路了嗎？真是難以置信，請容我召集騎士們去森林裡協助搜尋吧。」

「不，沒那個必要……」

「畢竟不是每個人都像亞勒腓公爵那樣能幸運地走到這裡。各位，立刻集合。」

「羅培因大人，等一下！」

我饒有興致地聽著亞勒腓公爵和菲力斯之間的幽默對話。唉，菲力斯這種時候的洞察力真讓人痛快啊。

「亞勒腓公子也辛苦了。」

我對將狩獵工具交給侍從，並向我走來的伊傑契爾說道。從他方才的表現來看，他似乎也對自己父親的行為感到不解。

「據我所知，蒂耶羅斯附近的狩獵場距離這裡相當遠。」

「看來是父親擔心珍妮特，特意繞來這裡。」

伊傑契爾說的這個理由，聽起來能合理解釋亞勒腓公爵的奇怪行徑。確實，擔心獨自主辦郊遊會的珍妮特，假裝偶然來到這裡聽起來是個令人感動的故事。這種說法確實並非完全沒有道理。

「我原本以為是森林裡有熊出沒，差點就使用魔法了呢。」

「如果是那樣，我和父親的處境就會有點尷尬了。」

伊傑契爾似在想像可能發生的情況，露出了淺淺的笑容。啊，本來已經有點習慣了，但看到他那樣的笑容，我的心臟又開始下意識地一陣亂跳。我的心臟，請冷靜一點！就算對俊美的人沒抵抗力，也不至於這樣啊，嗚嗚。

「其實今天早上父親突然說要去蒂耶羅斯狩獵，我就覺得有點奇怪了。」

伊傑契爾的微笑對我的心臟有著極強的殺傷力。和他短暫交談之後，我看到珍妮特朝這邊走了過來，想著應該讓出位置，於是開口說道。

「大家都很高興看到公子到來，郊遊會也因此變得更加精彩愉快。那我就先走一步了，祝您有美好的一天。」

「對我來說，只要公主殿下高興，那便足夠了。」

他的話讓我瞬間一頓。

轉過頭，只見伊傑契爾正直勾勾地注視著我。我默默看了他片刻，隨後輕笑著點頭回應，逕自轉身離開。

「如果有人不喜歡和亞勒腓公子相遇，那才真是太奇怪了。」

我不知道伊傑契爾對這玩笑般的回應露出了什麼樣的表情，我走向聚在一起的名媛們，同時聽著背後傳來的微小聲音。

「珍妮特，我突然來訪妳一定很意外吧。」

「不，我很高興你能來。」

他們的對話如同兄妹一樣和睦，但今天的一切卻像指尖上的刺一樣，讓我格外在意。

❖ ❖ ❖

「瑪格麗塔小姐，今天真的非常開心。下次我也想像今天這樣在戶外舉辦郊遊會。」

「如果是公主殿下舉辦的郊遊會，肯定會更加精彩。」

不知不覺間，到了郊遊會結束的時間。我跟在三五成群的名媛們中，準備返回皇宮。

「那麼珍妮特，我下次再來找妳。」

我悄悄對珍妮特耳語，她立刻露出開心的笑容。還好她今天在郊遊會上似乎很開心。

「我可以送您一程嗎？」

不知不覺靠近我的伊傑契爾開口詢問道。我稍微轉過頭，看到了站在遠處的亞勒腓公爵向我點頭致意。嗯，沒辦法了。無奈之下，我握住了伊傑契爾伸出的手。那一刻，珍妮特的視線落在了他和我相握的手上。但那只是極為短暫的剎那，隨後，她便像什麼都沒發生一樣，笑著跟我道別。

「很高興能與公主殿下度過一段愉快的時光。希望下次舉辦茶會時，我也能獲得您的邀請。」

「當然。」

我留下珍妮特，與伊傑契爾一同離開。

在前往馬車的路上，他跟我聊起了一些普通話題。

「今天的郊遊會您玩得還愉快嗎？」

「當然。亞勒腓家如此用心準備郊遊會，怎麼會不愉快呢？」

「珍妮特從之前就一直很期待今天的到來。特別是公主殿下答應了邀請，她好像非常高興。」

聽到伊傑契爾提到珍妮特的名字，我不由自主抬起頭，偷瞄一眼走在身旁的他。看著伊傑契爾那讓人難以捉摸的表情，我再次面向前方說道。

「我和瑪格麗塔小姐之前就一直有聯絡。」

「是的，我還清楚記得公主殿下的成年舞會呢。」

呃，我忍不住在心裡嘆了口氣。為什麼老是提起我的黑歷史呢？就算那是我首次正式亮相的日子，也不應該隨便提起嘛，唉。

「與公主殿下共度的時光就彷彿昨日，一幕幕都清晰地烙印在記憶之中。」

伊傑契爾的聲音在我耳邊輕輕迴盪。

「其實我有時候會希望，這些記憶不要如此清晰。」

聽到他隱約透露自己的情感，我不由自主地抬頭望向他。這次，我望進了那雙低頭望向我的眼睛。伊傑契爾對我露出淺笑，但那並不是他真正的笑容。我曾見過他發自內心的笑靨，所以能輕易辨認出眼前這個笑容是刻意裝出來的。因此，我也朝他微微揚起嘴角。

「那麼久以前的事我不太記得了。」

「是嗎？」

「看來亞勒腓公子的記憶力很好呢。」

當我們終於抵達馬車旁，伊傑契爾稍微用力地握住了我的手。

「如果我說不想放開您，會不會有點太失禮了？」

「亞勒腓公子。」

「我知道。請至少允許我向您告別。」

我發現自己真的很難拒絕他溫柔的請求。看著他銀色睫毛落下的陰影和金色瞳孔中綻出的光芒，我只能無奈地保持沉默。接著，伊傑契爾的唇輕輕地觸碰了我的手背。那一刻，整個世界彷彿都靜止了，只有他低沉的嗓在耳際迴盪。

「那就期待下次再見的日子吧。」

手上的暖意離開後，我轉身走進馬車。門剛關上不久，馬車就開始移動。我刻意不往伊傑契爾所在的方向看去，轉而面向另一側的窗戶。

窗外景緻迅速飛逝，我努力抓住自己不斷飄走的思緒，腦海中浮現出珍妮特剛才的模樣。我其實一直有些在意，她最近的行為舉止似乎變得有些被動。仔細一想，她小時候反而更加勇敢。記得成年舞會時，為了把掉在地上的緞帶拿給我，她獨自跟在我後面的模樣，甚至敢在克洛德面前直視他的眼睛。小說中的珍妮特也擁有著大膽的可愛。當然，現在的珍妮特也是個可愛又漂亮的女孩……但我剛剛遇到的伊傑契爾……

腦中思緒翻騰，我有些沮喪地望著馬車外奔馳的風景。

「說是郊遊會，結果也沒什麼特別的嘛。」

嚇！

從前方傳來的聲音突然嚇我了一跳，托著下巴的手也滑了下來。我轉頭朝聲音的方向一看，立刻驚叫出聲。

「路卡斯？」

「怎麼了？」

怎麼了？怎麼了？怎麼了？你跟我說怎麼了？

「你怎麼會在這裡！差點嚇死我了！」

呃啊，我真的嚇了一大跳！但路卡斯看著我驚慌的模樣，似乎覺得非常有趣。呃啊，對啦，你最厲害啦。你就是這個世界上臉皮最厚的人，嗚嗚。

「等一下！難道你是從皇宮一路跟過來的嗎？」

「哈，我沒那麼閒好嗎。」

路卡斯在我對面坐定，蹺著腿說道。喂，那你這個大忙人為什麼現在會坐在我的馬車裡？我正在想這個問題，路卡斯接下來說的話又讓我再次大吃一驚。

「小白的窩今天是空的，所以我去翻了一下。」

「什麼？」

翻、翻什麼？小白的窩是指亞勒腓公爵的宅邸嗎？你翻了那裡？

「我只是有個想找的東西，所以才去看了一下，妳不用擔心。」

說得那麼輕鬆，我怎麼可能不擔心！唉，但又覺得其實沒什麼好驚訝的，畢竟路卡斯也不是第一次這樣了。我半是無奈地問道。

「那你找到了嗎？」

「好像找到了，又好像沒找到，情況有點複雜。下次再去看看吧。」

聽到他泰然自若的回答，我又愣住了。等等，我現在不會是在聽什麼犯罪預告吧？這可是非法闖入私人住宅欸！不過我以前也曾悄悄溜進亞勒腓公爵宅邸，好像沒資格說別人的樣子。

「妳又把髒東西帶回來了。」

在我陷入思考時，路卡斯隨意地說了一句。他仍然雙腿交叉坐在我對面，手托著下巴凝視著我。聽到他的話，我微微一愣，然後平靜地回答。

「剛才還在一起呢。」

力。

現在我知道路卡斯所說的「髒東西」是指什麼了，就是珍妮特不自覺散發出來的魔力。

那是兩年前的事了。我在向路卡斯學習魔法的過程中，無意中提到了每次看到珍妮特時都會感受到的奇怪違和感。那天晚上，路卡斯竟悄悄潛入亞勒腓公爵宅邸，檢測了熟睡中的珍妮特的魔力狀態。第二天聽到這件事，我對路卡斯這種瘋狂行徑簡直大為震驚……唉，但我還能怎麼辦呢。事情已經發生了，而且就算還沒發生，我也沒有能力阻止他。

無論如何，路卡斯終於確認了是誰在我身上留下「髒東西」，為此他似乎鬆了口氣。老實說，聽到那些話，我不禁開始思考，為什麼不管別人對我做了什麼都要得到他的許可呢？總之，路卡斯說珍妮特是透過黑魔法、以不正常的方式出生的孩子，所以她身上的魔力也異常特別。

「今天妳身上沾了特別多東西。真是的，一下這個傢伙一下那個傢伙，真讓人煩躁。」

「是嗎？我中途有清理過一次耶。你之前不是說過，它的強度會隨著情感而變化嗎？」

珍妮特的魔力似乎能輕易地引起他人好感。雖然並非故意使用，但她的魔力會受到她無意識的情緒波動而有所改變。

第一次見到七歲的珍妮特時，她的魔力波動非常微弱，所以路卡斯並未察覺不尋常之處。但現在，珍妮特的魔力已經活躍得能讓他清楚地感受到。

每次看到珍妮特，我都會不由自主地放鬆警惕。從一開始對她有所警戒，到現在迅速對她打開心扉這點來看，或許都是受到了她的魔力影響。聽到這樣的解釋，我的心情不免變得有些複雜。

「別太在意。反正很快就可以淨化掉。」

路卡斯似乎對珍妮特在我身上留下的魔力感到不悅，皺著眉頭看向我。他甚至曾經說出「幹脆把那個奇美拉消滅掉如何」這種恐怖言論，把當時的我嚇得不輕。應該是在某次派對中，我抓住快要摔倒的珍妮特的那一次吧？

即便如此，路卡斯自己也說過，珍妮特的魔力不是用來傷害我的，而且她的魔力並沒有強大到可以立刻迷惑他人。那就只是一個孤獨的小女孩希望被他人關注的心願，這種內心深處的企盼讓她的魔力無意識地吸引他人的好感。

「別動。」

在路卡斯說出要除掉珍妮特之前，我試圖清除掉附著在身上的魔力。但我尚未開始動作，路卡斯便將手伸了過來。

「沾得還真均勻。」

路卡斯的手觸碰到我的額頭，一道淡淡的白光倏然在眼前綻開。

「這裡也是。」

他的手輕輕滑過我的頸部，在肩膀停了下來。在過去兩年，我也從路卡斯那裡學到了淨化魔法，現在也能自己處理，但他還是更喜歡親自動手。

當路卡斯將手伸過來時，我們的距離變得更近了。輕輕靠在一起的膝蓋，讓我感到一陣微妙地尷尬。

路卡斯的手沿著我的手臂滑下，抓住了我的手腕。

「還有最髒的部分。」

我低下頭，看見他的鮮紅瞳孔中閃過一絲冰冷笑意。低沉的聲音剛在耳邊響起，手腕就突然變得空空蕩蕩。方才伊傑契爾碰過的手套在視線中隨著聚集的光芒逐漸消失。我呆呆望著絲質手套幻化為白色灰燼，飄散在空氣中。

「啊！」

當路卡斯看著我裸露的纖長手指並露出滿意笑容的那一刻，我才突然清醒過來。

「我的手套！你剛才做了什麼！」

「扔掉吧，太髒了。」

「那是我剛訂做的新手套啊！」

面對我的抱怨，路卡斯隨手在空中一揮。很快地，他手中就出現了一副一模一樣的絲質手套。

「這下滿意了吧？」

我看著這副新手套，不禁愣了一下，它看起來比之前還要華麗。

這、這是什麼情況？這精緻的刺繡是怎麼回事？為什麼看起來比之前的絲質手套更有光澤呢？我下意識接過路卡斯遞來的手套，手中柔軟的觸感讓我忿忿不平的心情頓時變得矛盾起來。

「那個傢伙怎麼想都不對勁，還有那個奇美拉女孩也是，都未經允許就在我的東西上留下髒東西。看來我真的得找時間把小白的窩給掀了……」

聽著路卡斯口中那些令人不寒而慄的話，我默默流了一身冷汗。

「喂，我怎麼會是你的東西？我是我自己的！我的所有權只屬於我自己！」

但路卡斯根本沒把我的反駁聽進去。啊，他現在看起來心情很不好，最好還是不要去招惹他。但等等，這輛馬車是我的，這副手套也是我的，我為什麼要顧及他的感受呢？真立刻想把他趕出去啊。一路上，我都用不滿的眼神斜睨著路卡斯，直到馬車抵達皇宮。

❖❖❖

日落時分，我終於回到皇宮。路卡斯在大門打開之前就適時地消失了。雖然十分疲憊，想直接回到綠寶石宮好好休息，但我不能那麼做。因為外出回來後向克洛德問好已經成為我們兩人之間不成文的約定。

「宮裡為什麼這麼吵？」

但不知為何，宮殿內的氛圍似乎與平常有些不同。我對這不尋常的氣氛感到疑惑，忍不住自言自語起來。這時，一位前來迎接我的隨從低聲向我報告。

「公主殿下，恕臣惶恐，方才有位黑塔魔法師來拜訪陛下……」

聽到消息的那一刻，周圍的聲音彷彿被徹底隱匿。下一刻，愣愣的視線中，一位不知名的男子在夕陽的餘暉下緩緩朝我走近。

噗唰——

一隻黑色的飛鳥劃過夕陽將落的天空。

在看到他的瞬間，感覺周圍的現實似乎都在離我遠去。

就在這時，那名陌生的男子也發現了我。我屏息看著他如夜色般深邃的黑色眼眸。

當我終於回過神來，這位身分不明的男子已經走到了距離我大約十步之遙的地方，而菲力斯也站在了我的身前。

「啊，原來如此。」

那名高大的男子緩緩開口，吐出了懶洋洋的聲音。

「您就是阿塔娜西亞公主殿下。」

我看著他深沉的黑色眼眸，一股難以名狀的厭惡感油然而生。

「很榮幸能在這裡見到您，公主殿下。」

即使他禮貌地向我問好，那令人不適的感覺依然沒有退去。

「我應該向您自我介紹一下。」

他的態度不失禮節，卻莫名帶著一種輕浮的感覺。

「我是黑塔的守護者，魔法師卡拉克斯。願歐貝利亞的繁榮與您同在。」

黑塔魔法師。聽到他的自我介紹，我身後的隨從們都驚訝地倒抽了一口氣，只有我和菲力斯沒有表現出任何動搖。

「黑塔魔法師……您嗎？」

「世人是這麼稱呼我的。」

自稱是黑塔魔法師的卡拉克斯在向我問候之後，就只是靜靜地凝視著我的臉。

「原來如此。我聽說您剛拜訪完父皇。願歐貝利亞的祝福與您同在。」

見我平靜地接受他的問候，沒有任何過分的情緒波動，他的眼中閃過一絲驚奇。面對這名男子所感受到的奇異氛圍，其實讓我稍微有些動搖。但按照克洛德之前的說法，這個人最終不是被證明是假的了嗎？但他為何時隔三年又再次出現了呢？

「呼嗚。」

心中抱持著種種疑慮，我打算從那個冒牌黑塔魔法師身邊經過離開。然而，他卻突然發出莫名其妙的感嘆聲，並再次向我走近——

「不許再靠近一步。」

霎時間，一直警戒著的菲力斯阻止了他。那人停下腳步，用一種饒有興趣的眼神上下打量著我。

「看來您對皇室禮儀不太熟悉。」

由於他的目光太過無禮，我冷冷地出言警告。

「啊，我為我的無禮道歉。」

但他聽到之後，竟露出一絲譏諷，而後便迅速地調整表情，用一副極其認真的神情看向我。

「公主殿下，我知道這樣詢問不太禮貌，但是……」接著他像在傾訴祕密般，嚴肅地低聲說道：「您相信真理嗎？」

「……？」

我忍不住懷疑起自己的耳朵。腦海中浮現出的無數問號，像遇到水的魚一般跳躍狂舞。我懷疑是自己聽錯，偷偷瞄了旁邊一眼，發現菲力斯也露出了詫異的表情，看來我的耳朵沒出問題啊。

那這個人是什麼意思？邪教信徒……他是邪教信徒嗎？

「您是在開玩笑嗎？」

「喔，我看起來像是在開玩笑嗎？」

我突然覺得有點毛骨悚然。周圍的隨從似乎都理所當然地接受了他奇怪的舉止。但不管怎樣，這個對外自稱是「黑塔魔法師」的男子既可疑又讓人十分不順眼，我得好好思考該如何應對他。嗯，還是不要理他好了。我抱持著這個想法，像什麼都沒發生一樣對他露出微笑。

「我要去面見父皇，但好像已經耽擱太久了。魔法師先生，請在天黑之前回去好好休息。恕我先失陪了。」

我不信教，也沒有要買東西，所以別纏著我！

「那麼，您相信輪迴嗎？」

就在我和他擦身而過的剎那，這句話隨風飄進了我的耳中。手指不自覺地微微一動，但我並沒有表現出來，而是帶著菲力斯和隨從們從他身邊走過。

什麼鬼啊那個人？為什麼要問我這些問題？剛才聽到的話讓我非常不舒服。我想問他那是什麼意思，但又有些猶豫，不想再接近那個自稱是黑塔魔法師的傢伙。

他有著深綠色的頭髮和漆黑的瞳孔。我認識的人之中沒有一個人的外貌與他相似，但為什麼我一開始會覺得他跟路卡斯很像呢……？

❖ ❖ ❖

「我也忘了。」

克洛德似乎也覺得那人的出現很突兀。

「今天看到他的臉，我才想起還有那號人物。」

「不知為何，他給人一種很奇怪的感覺。」

「確實。不知道他這幾年經歷了什麼，給人的感覺完全不一樣。但無論如何，他依舊是個小丑。」

看來他確實是假的。雖然我覺得自己或許太過信任克洛德，但如果爸爸說是假的，那肯定是假的。只不過，每當我想起那天遇到的那個男人，就會莫名感到一陣不安。

「你知道黑塔魔法師又出現了嗎？」

這種時候，能好好聊一聊的人當然只有路卡斯。那天晚上，我在路卡斯又跑到我房間時，提起了黑塔魔法師的事。

「真的嗎？」

本以為路卡斯會很感興趣，但他卻露出一副漠不關心的模樣，讓我相當意外。

「看來你不太在意？」

「反正是假的，有什麼好在意的。」

「你怎麼知道他是假的？」

我驚訝地反問。我是因為克洛德告訴我才知道的，但他怎麼會知道？宮內的其他人似乎都相信那個人就是黑塔魔法師，至今都還在談論這件事。但路卡斯卻惹人厭地撇了撇嘴，嘲笑般對我說道。

「妳沒看史書嗎？那些自稱是黑塔魔法師的騙子們最後都被拆穿，好幾個還死了。」

聽到他的話，我頓時有些惱怒。原來是史書說的嗎？我還以為你有什麼厲害的本事呢。

「不過這次可能是真的啊。你憑什麼這麼肯定他也是假的？」

「告訴妳的話，我有什麼好處？」

幹嘛突然說這種話啊？

「嗯？妳會給我什麼好處？」

最初是訝異而說不出話，但在面對他那帶著玩味笑容的臉時，我又瞬間無言了。就像之前在黑暗中看到成年版路卡斯時那樣。

「給、給什麼？算了，我也沒那麼好奇。」

我哼了一聲，上半身往後一靠，與路卡斯拉開距離。他似乎也沒有想認真回應，隨口就轉移了話題。

「那妳是真的遇到那個假的傢伙了？」

是的，他是個很優秀的邪教信徒！

「他問我是否相信真理。」

「噗！」

對，很可笑吧？很無言吧？我理解，因為我也有同樣的感覺！但比起這個，我更在意那個男人最後說的那句話。

「他還問我是否相信輪迴。」

「什麼？輪迴？」

聽到我的話，路卡斯忍不住皺起眉頭。

「很突然又很荒謬對吧？真是個奇怪的人。」

「確實，真奇怪。」

路卡斯似乎陷入沉思。我觀察著他的表情，決定不告訴他我有一瞬間覺得那個冒牌黑塔魔法師看起來有點像他。

「我走了。」

「啊，哪有人這麼快就走……」

——咻嗚。

喂！就這樣不打招呼就走了啊！之前在馬車上也是這樣！我只能跟以前一樣獨自在房間裡對著路卡斯抱怨。我突然感到非常火大，這是我第幾次因為路卡斯在半夜裡氣到踢被子呢？啊，一想到就更生氣了！下次別來我的房間了！

嗡嗡！

「啊，對了。妳……」

「呃啊！」

啪！

我拿起枕頭朝著路卡斯消失的方向猛烈揮舞，卻被突然出現的身影嚇得差點扭到腳。突然原地出現的路卡斯被我揮舞的枕頭狠狠地打到了手臂。

「妳現在是在月光下做體操嗎？」

我差點以為自己要跌倒了，幸好路卡斯及時抓住了搖搖晃晃的我，才避免了尷尬的場面。但、但這還是很尷尬啊！被他看到我自己在演獨角戲！他就不能裝作沒看見嗎？非要那樣嘲笑我！我試圖掩飾尷尬，對著路卡斯質問。

「怎、怎麼了？怎麼了啦？你幹嘛又突然出現！」

路卡斯放開抓住我的手，邊笑邊回答。

「也沒什麼，我本來是想來提醒妳小心那個傢伙的，但似乎不需要了。看來公主殿下的戰鬥力真是不得了呢！」

呃、呃啊！我的黑歷史今年又累積了不少啊……

「那我走了，妳就繼續表演吧。」

「快點消失啦！」

我又朝著面前的人揮舞起枕頭，但路卡斯還是露出那副討人厭的笑容，在枕頭快要打中他的瞬間，用瞬間移動離開了我的房間。

喂，至少讓我打一下再走嘛！我只能獨自留在房間，比剛才更瘋狂地揮舞著枕頭。

❖❖❖

「哎呀，公主殿下。我從那些笨蛋那裡聽說上次修改魔法陣的事了。」

在一個晴朗的日子，我被像黑塔之鬼一樣突然出現的塔主爺爺嚇了一跳。

「那個魔法陣真是太奇妙了。」

呃，他的表情真嚇人！簡直像連續加班一週的公司員工。畢竟被關在黑塔沒日沒夜地工作嘛，會這樣也很正常……等一下，這難道是終身勞動契約嗎？啊，突然覺得塔主爺爺好可憐。

「您是怎麼想出來的？哎唷，我都起雞皮疙瘩了。」

最近一直在做研究的他帶著幾乎垂到下巴的黑眼圈疲憊地朝我走來。

「您過獎了。如果黑塔魔法師看到，可能會笑說這個魔法陣相當粗糙。」

「不會的。就算是優秀的魔法師，也不是每個人都能處理魔法陣。」

儘管他看起來非常疲憊，仍笑著給了我鼓勵。啊，一見面就這樣誇獎我，我都不知道該怎麼辦了。

「我現在研究的東西，如果有公主殿下的一根頭髮，可能會取得更好的成果……」

果然是為了這個嗎？差點就被騙了。

我瞥了塔主爺爺一眼，開口說道。

「您不會用在奇怪的地方吧？」

我這麼一問，塔主爺爺突然驚訝地睜大眼睛。

「難道您真的要給我嗎？」

他的聲音變得格外小心，似乎對於我相信他那時常半開玩笑的言論感到很是意外。

「只有一根。」

經過這段時間的觀察，他應該不是那種不值得信任的人。最初他像吸毒犯一樣想要我的血，確實把我嚇得不輕，但之後他似乎比較收斂了。雖然他的外表看起來年輕，其實年事已高，看到一位如此年長的人熬夜工作，還是讓我有些於心不忍……

而且他似乎真的很關心歐貝利亞和克洛德，應該不會做出違背國家利益的事。作為一名魔法師，他好像也十分遵守職業道德。

「呵、呵呵，這根頭髮真是晶瑩剔透啊！」

呃啊！別再那樣拍我馬屁了！我剛剛大發慈悲拔了一根頭髮給塔主爺爺，他立刻拿來一塊絨布，小心翼翼地把它放在上面，興奮得雙手顫抖。

「哇，真的非常感謝您，公主殿下！我得趕緊回去繼續研究！」

好，快去吧。在我後悔給你頭髮之前。

「啊，塔主大人！您終於出現了！我想請教您關於最近研究的東西……」

「讓開讓開！我現在要回研究室了！如果有人在我出來之前打擾我，我會殺了他們！」

「哎呀，您又進去的話，何時才能出來？」

我搖著頭目送塔主爺爺離開。看他精神抖擻的模樣，就好像從未有過疲勞那般。他小心翼翼地把裹著我頭髮的絨布捧在胸前，像在抱嬰兒一樣，看起來真令人心疼。哎呀，看來他是真的很想要我的頭髮。啊，本來想問問他關於黑塔魔法師的事，但好像錯過時機了耶？

「啊，公主殿下，您也在這裡。那一起去參加討論吧，其他魔法師們已經齊聚一堂了呢。」

那我就去向其他魔法師們了解情況好了。

「如果黑塔魔法師能來我們的塔參觀就好了！」

「啊，如果黑塔魔法師來我們的塔，那將是多麼光榮的事。就像神話重現一樣，那幅景象一定會非常生動吧？」

「但塔上有洞欸。因為你們總嫌麻煩，所以還沒有修好。如果要呈現生動的景象……」

「呃！」

「嗚！」

那一刻，我拋出的話讓其他正在談論黑塔魔法師的魔法師們像突然意識到什麼般，猛地倒抽了一口氣。接著他們迅速從座位上站起身，開始忙碌地整理桌面。

「快去修天花板！」

「從今天起開始內部維修！」

「我們先從外觀上修理外牆，讓它看起來有模有樣！」

「喔，真是個機智的作法！」

「對，畢竟世界是靠假象來維持的！」

我興致勃勃地看了他們一會兒，便悄悄離開了討論室。嗯，看來塔之魔法師們對於這次出現的假魔法師也沒有太多了解，就跟宮裡的其他人一樣。我本來很好奇，但他們都說從未親眼見過黑塔魔法師。我看了一眼拿著我的頭髮離開的塔主爺爺空出來的位置，帶著惋惜離開了黑塔。

❖❖❖

「聽說亞勒蘭大的使節團馬上就要來了。」

「是嗎？」

聽到這句話，我停下了正按摩著克洛德肩膀的手。這不就是小說裡的情節嗎？是在珍妮特十七歲還是十八歲的時候發生的呢？那男配角卡貝爾．恩斯特會作為護衛騎士一起來嗎？

腦海中倏然想起了之前在亞勒蘭大見過的、那個擁有棕色頭髮和深邃眼睛的少年。

——精靈……？

啊，我居然還記得這種無用的事！

「妳的手閒下來了。」

克洛德對突然愣住的我說道。我嘟起嘴，原本停下的手又開始動作。

「是是，我知道了。我會繼續按摩，您就繼續看文件吧。」

「再往裡面一點。」

「好的。」

我按照他的要求，小心翼翼地將手移向他寬闊肩膀的內側。克洛德跟著我手的動作輕輕歪了歪頭。一開始幫他按摩的時候，他總是不太習慣，導致身體非常僵硬，但他現在似乎已經適應了，甚至看起來有點享受。他會叫我按這裡、按那裡，還說輕輕按會癢，經常給我意見。

指尖大力按壓著他僵硬的肩膀，但我的手開始有點酸了。

「阿塔娜西亞。」

「是。」

「妳最近改良的那個魔法陣，可以在秋收節的時候試一試。」

嗯？聽到他意外的提議，我忍不住豎起耳朵，把原本呆滯望向前方的視線移向他。但從這個角度看不到克洛德的臉，只能看到他那頭漂亮金髮和優美的背影。從這個角度，爸爸頭骨的形狀真是美極了！

「您看過我寫的東西了嗎？」

「妳不是拿來給我看了嗎？」

呵呵，是沒錯，我有些尷尬地笑了笑。就像上次那樣，這次我又整理修改了新的亞埃泰勒尼塔斯的魔法陣，想看看應用在植物生長上會怎樣。於是我把意見整理好，悄悄放在他書房的桌上，幸好他似乎看到了。

「只是按照現有的規劃，會耗費很多人力。這個月內盡快做出調整吧。」

哎呀！這不就是不可能的任務嗎？

——叮咚！

〔緊急發布突發任務！〕

〔拒絕無效！〕

我被克洛德強制賦予了新的任務，為此十分手忙腳亂。將魔法陣簡化到那種程度已經很困難了，竟然還要我精簡人力！我需要宇宙的力量，嗚嗚！

「阿塔娜西亞。」

「是的，爸爸。」

哎呀，他今天怎麼一直叫我？是不是又要說我閒著沒事，要更加努力工作？但那都是因為你啊！我這個好女兒正在努力給爸爸按摩肩膀，你不但不稱讚我，反而還給我更多工作，真過分，哼。但克洛德叫我顯然不是這個原因，我被隨後傳來的提問再次嚇得身形一頓。

「妳想坐上王位嗎？」

我的視線下意識地移開，又再次默默看向克洛德的背影。他在問我一個關於未來的問題。

「不。」

我稍微想了想，坦率地回答。從出生到現在，我的夢想一直是安安穩穩地長命百歲。老實說，我希望克洛德也不要當什麼皇帝了，希望他能拋開一切和我一起幸福地生活。

雖然對黛安娜媽媽感到很抱歉，但如果克洛德能再次找到願意廝守餘生的人，即使他再婚，我也沒覺得有什麼不好。當然，我可能會有些失落，但如果克洛德高興，我就不會反對。

「我確實曾經想像過，但如果您詢問我的意願，我自己其實也不太確定。」

但像再婚這種事，克洛德應該想都沒想過吧。我一邊想著偶爾會出現在夢中的黛安娜，一邊思考。

「也對，就算別人期待妳坐上這個位置，也最好不要接受。」克洛德淡然地回應，「這個位置除了無止境的爭奪，沒有任何好處。」

「擁有一切的歐貝利亞皇帝是這麼想的嗎？」

我輕輕地笑了笑。關於繼承皇位這個重大問題，對我來說還十分遙遠，畢竟克洛德現在正值壯年，也沒打算立刻做出什麼決定。

但目前能繼承克洛德皇位的只有我，而且我十分清楚，在這個問題上我能有自己的選擇權，本身就是特權的一部分。我知道，如果克洛德只是歐貝利亞的皇帝，而不是我的父親，這種事根本輪不到我發表意見。

「在這個世上，沒有不付出代價就能擁有的東西。即便擁有天下，最終也會失去與之等重的籌碼。妳要記住這點。」

「好的，爸爸。」

他是以父親的身分向我提問，所以我也以女兒的身分坦率地表達我的想法。我看著克洛德總是給人堅強印象的踏實背影，露出了輕淺的笑容。

❖❖❖

「哼嗯。」

離開克洛德的書房，我在走廊裡漫步著。不知道是不是我的錯覺，這裡的空氣總感覺比其他地方更沉重。是過去的皇族在一幅幅巨大的肖像畫中，用嚴肅的神情凝視著站在這裡的人嗎？我感受著已逝之人的目光，緩緩向前邁進，最後在一幅畫前停了下來。

〈艾爾頓（Aevum）皇帝和皇太子亞那司塔修斯（Anastasius）〉

旁邊還有先皇亞那司塔修斯的單人肖像。

我靜靜看著畫中的兩人，不屑地哼了一聲。我從以前每次看到他們都覺得很不舒服，他們看上去個性就很糟糕！聽說從人的面相就能窺見內心，爸爸到底做錯了什麼，要被你們這般折磨？居然只畫自己，把爸爸排擠在外。他們憑什麼這樣做。哼，我告訴你們，現在爸爸也有自己的肖像畫了！

我瞪著肖像畫中討厭的臉片刻，繼續向前走去。看到走廊上最好的位置上掛著的巨大肖像畫，我臉上露出了滿足的笑容。哎呀，真漂亮。畫中這位美麗的姑娘到底是誰呢？旁邊那個帥氣的男人又是誰的爸爸呢？

儘管很想滿懷愛意地撫摸我們的肖像畫，但我還是忍住了，並在心裡盡情盛讚。

我和克洛德的家族肖像畫從我十四歲開始繪製，完美地展現了我們僭越的容顏。嗯、嗯嗯。老實說，畫裡的人感覺比真人好看零點五倍左右，但會美化畫中的樣子是人之常情，對吧！我相信掛在這裡的其他肖像畫一定做了更多合成和修改！

「哈哈，我們的肖像畫果然是最棒的。」

克洛德和我的肖像畫與走廊上掛著的其他皇族肖像略有不同。首先，我們的氛圍特別溫馨。看看掛在這裡的其他作品，感覺就像在說「大家看，我是皇帝、我是皇族、我最厲害」，所以臉上的表情都是緊張且傲慢。但克洛德和我並非如此。

也許，在歷代皇族中，我的肖像畫是最出格的吧？在所有人嚴肅的表情中，只有我露出淺淺的微笑。畢竟，這可能是我生平第一次也是最後一次被畫成肖像，畫得太正經又有什麼意義呢？我本來就想要家庭合照那種和樂融融的氛圍。

也許是知道我的願望，和我一起的克洛德嘴角也掛著淺淺的笑容。雖然第一次看到未完成的畫時。克洛德冷冷地說了句「你是不是老花了，我什麼時候露出這麼傻的表情」，讓宮廷畫師非常惶恐。但在聽到我說喜歡這幅畫後，他最終沒有再要求修改，無奈地同意了。

後來，我們兩個微笑的肖像畫被掛在皇宮的走廊上。從某種意義來看，我們或許是歐貝利亞皇族中的異端。

啊，當然，這並不是說克洛德被畫得比其他歷代皇帝還差。我爸爸本來就很有魅力，即使稍微收斂了一些力量也依舊如此！而我之所以如此漂亮，全是因為繼承了媽媽黛安娜和爸爸克洛德的優秀基因。

我帶著些許自戀的心情，再次開心地笑了出來。在充分欣賞完我們的肖像畫後，我滿足地轉身離開。菲力斯肯定在走廊盡頭等著我。突然間，我的視線被走廊上另一幅肖像畫中的男子吸引了過去。

〈亞埃泰勒尼塔斯（Aeternitas）皇帝〉

一頭純金髮絲的他有著與「歷代最強魔法師皇帝」和「世紀賢者」等威名相符的威嚴外貌。不論是作為皇帝還是魔法師，他所取得的成就都無比驚人，自畫中散發出的氣魄也非比尋常。

嗯，看來我得仔細地琢磨一下您精心繪製的魔法陣了。希望久遠的後代子孫不會因為我改良的魔法陣破壞了您的藝術而大發雷霆，嗚嗚。我在心中向偉大的先代魔法師皇帝表達了深深的歉意，然後轉身離開了走廊。

❖❖❖

「客人，歡迎光臨！」

「對身體好又美味的南瓜，只有今天特價！」

「歡迎來到奇幻世界！今晚八點在中央廣場，大陸最受歡迎的艾希拉馬戲團將帶來精彩表演！」

啊，果然熱鬧非凡。這才是人活著該享受的滋味，真好真好。我終於獲得克洛德的允許，來到皇宮外面了。當然，我不是空手而來的，現在我身上的防護可能比克洛德以前偷偷在我身上施加的保護魔法強多了。

事實上，他本想給我安排幾名護衛，但被我義正辭嚴地拒絕了。畢竟太多人跟在一旁，我就不能自由地四處走動。令人驚訝的是，克洛德居然輕易答應了我的請求。對此我感到非常奇怪，但……克洛德說如果我再懷疑來懷疑去，那就乾脆別出門，我只好暫時把這份疑心收了起來。

「您的餐點來了。在我心中撲通撲通怦怦亂跳的起司火鍋，還有酸酸甜甜甜甜蜜蜜的特製百匯冰淇淋。」

我來到了上次和路卡斯一起外出時光顧過的甜點咖啡館。今天店員還是一如既往背誦出那些冗長的甜點名稱。是我的錯覺嗎？感覺這次的名稱比上次還要更長一些。

嘖嘖，不過今天的甜點依然閃閃發光！一看到桌上的甜點，我立刻沉浸在幸福之中。啊，這種時候如果有人陪同就可以點很多種類一起分享了。我應該叫路卡斯一起來的。

雖然有些遺憾，但既然錯過了就只能接受現實。就在這時，那位一直沒有離開的店員在我面前放下一塊漂亮的蛋糕。咦？我沒有點這個啊？

「這是贈送的。」

「贈送的？」

「是的，您是我們的常客。」

啊！聽到這句話，我驚訝得差點跳了起來。當然，每次外出我都會偷偷跑來這家甜點咖啡館，但沒想到他們竟然記得我的臉。更何況我從沒想過會在皇宮外的店裡聽到有人說我是常客，所以感到更加驚訝。

但三年前發布的成年舞會影像讓帝國民眾都認識了我的臉，所以我每次外出都會用魔法稍微改變臉型。

「請您慢慢享用。」

「謝謝。」

店員帥氣地問候完便離開了。

無論如何，免費的最讚了。嘖，聽說太貪小便宜會變成禿頭，但免費的東西就是比較好吃，甜點當然也不例外！

我開心地品嘗眼前的甜點。啊，這種悠閒時光真好。看來我偶爾也需要在沒人認識的地方獨自度過一段輕鬆的時間呢。

我一邊享受美食，一邊欣賞著窗外的風景，度過了一段悠閒的時光。

噠噠噠。

突然間，我注意到一輛停在街上的馬車。咦？那輛馬車不知為何看起來有點眼熟。是我的錯覺嗎？但當車門打開，看到從裡面走出來的人，我才明白為什麼我會覺得以前見過這輛馬車。

一位英俊男子從馬車上走了下來，那在陽光下閃爍的銀色髮絲和太陽般耀眼的金色眼眸，讓所有路過的行人都不由自主地將視線聚焦在他身上。我也透過咖啡館的窗戶緊盯著他。接著，一位美麗的少女抓住了他的手，輕盈地從馬車上走了下來。我將手肘放到桌面上，用手撐著下巴。

伊傑契爾和珍妮特像是獨攬了街道上的所有陽光，閃爍著耀眼的光芒，展現出驚人的存在感。兩人牽手站在一起的模樣就像是某位匠人精心製作的一對美麗的玩偶，街上的人們都忍不住對他們偷偷投以好奇的視線。

珍妮特剛從馬車下來，伊傑契爾就對她說了些什麼，珍妮特也開口回答他。我坐在窗戶後面，加上距離不近，並沒有聽見他們在談論什麼。

當然，我也可以像路卡斯那樣用魔法偷聽，不過我覺得沒有那麼做必要。

我托著下巴，看著兩人親暱地朝某個方向走去。不久後，珍妮特突然停下腳步。伊傑契爾轉過頭來，珍妮特困惑地張嘴說了些什麼。隨後，伊傑契爾的目光落在了她的腳上。

珍妮特困窘地輕輕提起裙襬，我才發現她的鞋跟被地面上的石板卡住了。哎呀，那個很難拔出來。當然，如果利用反作用力用力抬起腳，或許能成功把鞋跟拔出來，但那麼做對一位淑女來說非常尷尬，而且一不小心，鞋跟可能會直接斷掉。

作為甜點咖啡館的常客，我經常看到外面有貴婦人遇到像珍妮特這樣的窘境。

我是不是應該偷偷幫個忙？我一邊這麼想著，一邊在手上凝聚魔力。

但顯然沒有我介入的餘地。閃耀的銀髮輕輕一晃，只見伊傑契爾彎下腰，將手伸向珍妮特被卡住的鞋子，而珍妮特戴著手套的纖細手指正放在他的肩膀上。

伊傑契爾一碰到鞋跟，鞋跟就輕鬆地被拔了出來。我看著重新站起來的伊傑契爾，又看著珍妮特投向他的眼神，輕輕合上了微張的嘴。

那雙眼睛裡所蘊含的情感，除了腦海中浮現的那個詞彙，還能用什麼來形容呢？那是如此溫柔且充滿愛意、連旁觀者也能感受到其中的悸動與深情。難道伊傑契爾不知道那個眼神意味著什麼嗎？

我帶著難以言喻的複雜情緒，繼續看著他們重新開始移動的身影。

就在那時，我似乎與閃爍著光芒的金色瞳孔對視了一下。我不由自主地微微一愣，但伊傑契爾和珍妮特很快就從我的視野中消失了。應該只是我的錯覺吧。

「真應該叫路卡斯一起來的……」

我有點心神不寧地攪拌著幾乎融化的百匯冰淇淋。

「店員！」

哎呀，應該再多點一些蛋糕的！這次該點柚子慕斯和濃巧克力蛋糕嗎？看著加點的蛋糕堆滿眼前的盤子，我再度愉快地吃了起來。

「不好意思打擾了。」

我吃得有點飽，正無聊地望著窗外灑落的陽光時，耳邊突然響起一道溫柔的低沉嗓音。隨即，我對面空著的座位便傳來一陣動靜。

我一邊心想「這是怎麼回事」，一邊轉過頭去，然後被眼前的景象嚇了一跳，托著下巴的手也差點滑開。出現在我眼前的人，竟然是伊傑契爾！在我驚慌失措、結結巴巴的時候，他又開口了。

「剛才您和我對視了吧？」

「我、我沒有印象耶。」

難道剛才不是我的錯覺，我真的和他對視了？即便如此，他為什麼要特地跑來這裡來跟我說話？

我慌張又結巴的回答讓伊傑契爾微微側過頭。根據俊美男主角的基本設定，無論他如何轉動頭部，都能三百六十度無死角地散發帥氣，這讓周圍的女士們都不停地偷瞄他。而當伊傑契爾在臉上露出淡淡的微笑時，情況更是如此。

「您和我認識的一位朋友非常相似。」

「所以？」

或許店裡的人都以為我現在正在被伊傑契爾搭訕吧？

「我覺得就這樣錯過太可惜了，所以想過來跟您打聲招呼。」

但我知道他現在是在跟我開玩笑。好尷尬啊。我一時無話可說，只能默默凝視著他，然後忍不住嘆了口氣。

「你怎麼知道是我？」

「我怎麼可能認不出您呢？」

伊傑契爾似乎意識到我們現在身處皇宮之外，並沒有用「公主殿下」稱呼我，而是直呼「您」。他似乎並不怎麼驚訝，看來他不是第一次在宮外見到我。

再見了，我的臉。今天將是這張臉的告別紀念日，從今以後我將以全新的容貌外出！

儘管我已經用魔法改變了臉型，但伊傑契爾還是一眼就認出我了。

「瑪格麗塔小姐去哪裡了？你怎麼會自己一個人在這裡？」

「珍妮特去訂做禮服，而我本來打算去看袖釦。」

「那你可以按照原定計畫……」

「沒關係。就算去了，也不會有我喜歡的。」

伊傑契爾溫柔的低語讓我有點不知所措。他……是個高手嗎？他真的是個高手吧？怎麼能這麼自然地說出這種話。在得到我的同意前，就逕自坐到我對面，還一直散發著沒用的帥氣。

「您介意我暫時坐在這裡嗎？我只是希望能更靠近您一些，您可以當我不存在。」

我本可以像以前那樣拒絕伊傑契爾。按照我一貫的作風，這次也應該拒絕他，這對我來說是最好的選擇，但他剛才的那番話卻讓我很難付諸行動。

我沉默地凝視著他，不久後輕輕地嘆了口氣。

「怎麼把你當作不存在的人？你的存在感實在太強了。」

聽到我的抱怨，伊傑契爾輕輕地笑了。

「話說……您看起來非常餓呢。」

他的目光掃過桌面，說出了一個讓我不怎麼高興的評論。啊，對了，我點了很多蛋糕。

看著桌子上眾多的盤子和蛋糕殘骸，我頓時有些尷尬。

「你不知道甜點有另一個胃嗎？」

「原來還有這種說法。」

哼，憑這點就想取笑我？幹嘛這樣，珍妮特和我待在一起的時候也吃得很多呀！如果她在你面前一直吃得像小鳥一樣少，那可能是因為她喜歡你……

就在這時，剛才窗外看到的畫面忽然在腦海中一閃而過。我靜靜凝視著坐在對面的人，午後的陽光將他整齊的銀髮染成了一片耀眼的銀白，他平靜的金色眼眸中倒映著我的身影。現在的他已經完全脫離稚氣，蛻變成一位成熟的男性。

伊傑契爾・亞勒腓。珍妮特喜歡的人。

在我們互相對視的沉默中，時間仍不斷流逝。

不久後，我打破了平靜的氛圍，緩緩開口。

「長時間配戴魔法物品對身體不好。請代我轉告瑪格麗塔小姐，在家中請務必將其拿下。」

珍妮特平時總是戴著一枚戒指，我猜那可能是魔法道具。雖然並不是每個人都會受到影響，但珍妮特是透過黑魔法誕生的孩子，情況較為特殊。我沒有多加說明，而伊傑契爾聽了我的話後，眼神微微一動，問了我一個問題。

「您能感受到別人身上攜帶的魔法道具嗎？」

「我可以稍微察覺到。」

伊傑契爾沉默片刻。我靜靜注視著他的眼睛，而他的目光也平靜地凝視著我。

「我偶爾會想，公主殿下是不是其實知曉一切。」

他輕聲說道，而我的嘴角輕輕勾起一抹微笑。

「怎麼可能，知曉一切的只有神吧。」

他平靜無波的目光穿過空氣。過了一會兒，他的聲音輕輕融化在陽光之中。

「是的，只有神。」

❖
❖
❖

「天啊啊啊啊——」

聽到耳邊的驚呼，我差點忍不住偷偷捂住耳朵。

「那妳現在穿的這件禮服是亞勒腓公子親自挑選的嗎？」

這是一個晴空萬里的美好午後，今天大家也一如既往地活潑。

在我舉辦的茶會上，那些年輕女孩們的熱烈反應全是因為伊傑契爾而開始的。我把視線轉向成為眾人焦點的珍妮特。

「是的，沒錯。」

珍妮特有些羞澀地回答，隨即那些名媛們又再次歡呼了起來。

「天啊，好羨慕。」

「亞勒腓公子真是細心呢。」

「難怪今天瑪格麗塔小姐的禮服看起來特別漂亮。」

哇，珍妮特今天真受歡迎，竟然成為大家的關注焦點。這一切都是因為珍妮特剛才無意間透露「今天穿的這件禮服是上次跟伊傑契爾一起挑選的」這個消息。

「他經常會應我的請求一起外出，幫我挑選禮服或珠寶之類的東西。」

在珍妮特這麼說之後，所有人都無法掩飾對她的羨慕。其他名媛們連和伊傑契爾一起跳一支舞都很難，而珍妮特卻能和他一起度過許多時光，甚至讓他幫忙挑選衣服，這讓崇拜他的少女們感到無比欣羨。而且按照男主角的設定，歐貝利亞大約有九成的女性都迷戀伊傑契爾吧？

如果珍妮特大肆炫耀，她肯定會立刻成為所有女性的公敵，但大家從珍妮特的態度中只感受到純真和害羞。這種帶著少女羞澀的模樣真的很清新可愛。

「嗯，瑪格麗塔小姐和亞勒腓公子只是兄妹關係吧？」

即便如此，對於珍妮特獨占伊傑契爾這點，眾人難免會有些嫉妒。一位千金抿著唇說出這個問題之後，其他名媛們立刻接話。

「這麼一看，亞勒腓公子和瑪格麗塔小姐這幾年來一直住在一起呢。」

「妳的想法還是跟之前一樣嗎？如果是我，那麼長時間的相處肯定會培養出感情。」

「更何況，亞勒腓公子也不是一般地帥。」

「雖然很少見，但在歐貝利亞，表親之間的婚姻也是被允許的啊。」

大部分的人都沒有惡意，只是單純好奇伊傑契爾和珍妮特之間是不是真的沒有任何愛慕的氛圍。

「那個……」

我並沒有插嘴，只是靜靜啜飲著茶。看到珍妮特露出尷尬的表情，我想著是否該轉移一下話題，但我知道這樣的提問將來還會不斷出現，所以現在就讓珍妮特親自回答可能更好。而且坦白說，我不是想插手伊傑契爾和珍妮特之間的事。

我看著珍妮特露出沉思的神情。

「公主殿下，有位來自黑塔的魔法師來訪。」

就在珍妮特準備開口回答時，站在花園一旁的瑟絲走向我，小聲地說道。有塔之魔法師來了？發生了什麼事？

「請他進來。」

得到我的應允後，走進花園的魔法師竟然是——

「願歐貝利亞的和平與您同在。很抱歉未經通知就來訪，公主殿下。請原諒我的冒昧。」

「啊！」

哇，竟然是路卡斯！看到面前輕輕彎下腰的人，我頓時感到無比驚訝。

「哇！那位是——！」

「天啊，天啊天啊天啊天啊！」

女孩們看到路卡斯在花園裡出現，不是臉紅就是發出陣陣驚嘆，還有些人則裝作不在意地偷偷看他。

「有什麼事嗎？」

「塔主大人要我轉告公主殿下，他說只要跟您說是關於魔法陣的事，您就會知道了。」

啊，對了！是克洛德要我在秋收節之前調整好魔法陣的事，我曾向塔主求助了一些細節。他把我的頭髮拿走之後，整天都待在房間裡做實驗，因此我很難見到他。總之，能及時得到幫助真是太好了。

「謝謝你。請跟隨侍女將相關物品放到指定的房間。」

「好的。」

我不確定他給我的是資料還是實驗用品，所以決定先放在旁邊的空房間。

路卡斯再次向我彎腰行禮，便轉身離開了花園。哇，路卡斯也會做正經的事呢？還以為他整天只知道玩樂，這真是個驚人的發現。

「哇啊，孤獨的黑狼大人……！」

喔，我忘了妳也在！聽到旁邊傳來的聲音，我立刻轉頭看了過去。只見百合少女正眼神朦朧地凝視著路卡斯離開的方向。見狀，我立刻驚慌地環視周遭。

啊，真是萬幸！還好路卡斯已經離開花園了！他應該沒聽到剛才那句「孤獨的黑狼」吧？哎呀，百合少女，妳剛剛差點就要小命不保了呀！

「那位魔法師好帥啊！」

「可能是他穿著魔法師的服裝，有種禁欲的感覺，但看到他左眼下的淚痣，又有種性感的魅力……」

「我覺得再過兩三年，他肯定會和亞勒腓公子一樣，成為歐貝利亞最優秀的男人之一。」

路、路卡斯啊，你在這些名媛們中的評價還滿高的嘛。

「公主殿下跟那位魔法師都住在皇宮裡，那您經常和他見面嗎？」

「也沒有，他大部分時間都待在黑塔。」

當然，他時不時會出現在我的房間，但那是祕密。

「我聽說塔之魔法師們都遠離世事，專心於魔法研究。」

「哎唷，真可惜。那魔法師不結婚嗎？」

「嗯，不一定，但大部分魔法師好像都會選擇單身。」

畢竟魔法師們每天都在黑塔忙進忙出，就算結了婚，那種婚姻生活也未必稱得上正常吧？

現場氣氛頓時變得有些低沉，路卡斯一下子從「兩三年後值得期待的帥氣魔法師」變成了「不管是兩年後還是三年後都吃不到又毫無用處的帥氣魔法師」。

「啊，果然孤獨是路卡斯大人的宿命啊……」

只有百合少女一個人還在為了無法實現的戀情而燃燒著。

「亞勒腓公子為什麼不訂婚呢？」

「對啊，他也到適婚年齡了呢。」

接著，名媛們又開始討論起伊傑契爾。

「瑪格麗塔小姐知道原因嗎？」

「伊傑契爾……」

我感覺珍妮特的目光有一瞬間落到了我身上，但也只是瞬間而已。

「他似乎還沒有結婚的打算。」

「該不會是已經有心儀的人了吧？」

一位名媛抓住機會問道。看著其他名媛也都在洗耳恭聽，我不禁輕笑出聲。

「我無法得知他內心的想法。」珍妮特這次沒有像之前那麼猶豫，緊接著說道：「但據我所知，目前和伊傑契爾最親近的人是我。」

珍妮特清澈的聲音好似在淺淺吟唱，宛如在繁花中細細流淌的水聲。但她的話卻有些含糊。我發現名媛們互相交換著眼神，看起來都很是困惑。

「對了，上週有人看見亞勒腓公子和瑪格麗塔小姐在外面。」

「聽說那天有人在甜點咖啡館看到亞勒腓公子和一位少女待在一起，這是真的嗎？」

「是的，我們一起外出了。」

就在那一刻，我和珍妮特拿著茶杯的手同時一頓。

「聽說那位少女的身分完全無從得知，這只是無稽之談吧？」

還、還好那天遇見伊傑契爾後，我特地施展了魔法。如果沒那麼做，搞不好「亞勒腓公子和一位神似阿塔娜西亞公主的美麗女子在皇宮外約會」這種謠言會瞬間在歐貝利亞傳開。

看著名媛們疑惑的表情，珍妮特也微微歪了歪頭。

「是嗎？真有這樣的謠言？」

「瑪格麗塔小姐也不清楚嗎？」

「是的……就算我們再怎麼親近，我也不可能知道他的一切。」

我偷偷看了眼放下茶杯的珍妮特，而名媛們很快就轉移了話題。

珍妮特背對著燦爛的花叢，靜靜聽著她們的談話，然後悄悄站起身。

「我稍微失陪一下。」

這種情況通常都是要去廁所，大家並沒有太在意離開座位的珍妮特。

「瑪格麗塔小姐離開了，我們現在可以放心談論了吧。」

在珍妮特離開花園後，有位名媛小心翼翼地向我問道。

「公主殿下，難道亞勒腓公子對您有意思嗎？」

「嗯，妳在說什麼呢？」

面對這個提問，我笑著歪頭問道。不知為何，周圍的名媛們竟也開始你一言我一語地開口。

「其實我也有同樣的想法。巴比德小姐也是這麼想的嗎？」

「是的。從以前就一直有這種感覺，但瑪格麗塔小姐在的時候，總覺得不太好提起這個話題。」

「對啊，或許是她和亞勒腓公子十分親近？」

「那可以再詳細說說亞勒腓公子對公主殿下有意思的部分嗎？」

「沒什麼要特別好說的……就是有時候在宴會或舞會上看到他時會有這種感覺，上次的郊遊會也是。」

「啊，我因為別的事沒參加那次郊遊會，但我聽說那天亞勒腓公子有去。」

聽著名媛們的對話，我倏然感覺喉嚨裡像是卡了根刺一樣不舒服。

「我看到亞勒腓公子看著公主殿下的眼神和看待其他人完全不同。」

她們似乎對此非常好奇，紛紛轉頭看向我。平時我和伊傑契爾之間並沒有特別會被牽扯在一起的事，但名媛們還是繼續嘰嘰喳喳地說個不停，讓我覺得有點不自在。不過，我知道該如何回答這個問題。

「可惜我和亞勒腓公子之間並沒有妳們好奇的事。」

從一開始聽到巴比德小姐的話，我就沒有露出絲毫動搖，依然帶著微笑繼續說道。

「眾所周知，他是位彬彬有禮的紳士，對我也只是盡了應有的禮節而已。」

兩年前在雪白花海間的溫柔目光，短暫地在腦海中一閃而過。

「如果亞勒腓公子知道這個誤會，一定會非常困擾的。」

我閉上眼睛再緩緩睜開，將記憶從腦海中抹去。名媛們見我毫不動搖地露出笑容，似乎有些失望。即使伊傑契爾和我之間真的沒有任何情感交流，但如果我羞澀地紅了臉頰或稍顯尷尬，這段談話應該會更符合大家的期待。

「對了，今天瑪格麗塔小姐穿的禮服真漂亮，下次我也要去緹歐倫夫人的店裡……」

話題再次轉移，我偶爾也會回應少女們的話，就這樣度過了這段時光。眼前滿是盛開的花朵，耳邊不斷傳來清脆的笑聲，鼻尖則隱約飄散著甜蜜的茶香。身處其中，我心底悄無聲息湧起的波瀾也逐漸平息。但在某一刻，我的目光不經意地移向花園入口。珍妮特離開的時間似乎比預想中還久呢？

❖
❖
❖

「坐在妳右邊的那個女生是誰？」

「什麼？」

「那個對妳胡言亂語，還說什麼黑狼的人。」

「噗！」

路卡斯突如其來的話讓我把喝到一半的蔬菜汁噴了出來。啊，這是莉莉為了我特製的健康果汁！我用魔力把地上灑落的果汁清理乾淨，結結巴巴地回應。

「你、你突然在說什麼啊？」

「那個女的看起來很可疑。」

這傢伙的觀察力怎麼這麼敏銳！不過就是短暫地去了茶會現場，他究竟是什麼時候察覺到的？難道路卡斯走後，百合少女的嘟囔被他聽見了？不，如果他聽見了，才不會像現在這樣問我。

「可疑的部分是什麼？」

「在妳的客人中，只有她特別關注我。」

哎呀，果然藏不住！畢竟百合少女對他的愛慕已有三年之久，她在這次茶會中，一看到路卡斯就會臉上泛起紅暈，想要隱藏是不可能的。但我還是試圖保護百合少女，若無其事地反駁道。

「她哪有關注你！」

「她的臉很迷茫。」

「她哪有迷茫！」

「她的眼神也在閃爍。」

「她哪有眼神閃爍！」

當然，這對路卡斯一點也沒用。他似乎覺得我的話很可笑。

「海雷娜……海雷娜只是對魔法感興趣，不是對你！」

「喔，對魔法感興趣？」

「對！絕對不是對你感興趣！聽懂了嗎，你這個有王子病的自戀狂！」

我忍不住對路卡斯大喊。但路卡斯只是坐在沙發的扶手上，狐疑地盯著我。

「妳幹嘛這麼緊張？」

「緊張？我、我什麼時候緊張了！」

「妳現在緊張得連瞳孔都在震動呢。」

「我什麼時候那樣了！」

我拚命否認著。

「啊，現在想想還真有點奇怪。」

路卡斯停下了對我的質問，似乎對其他事情更加好奇。

「雖然沒什麼印象，但我有在妳面前殺過人嗎？」

殺、殺人？這麼恐怖的話題怎麼能這麼隨便就說出口啊？

「或者我什麼時候在妳面前打過人？」

嗯，不，好像沒發生這種事。

「那妳為什麼這麼緊張？」

啊，那倒是……

聽路卡斯這麼一說，我也開始好奇為什麼我剛才會這麼緊張。

「哇，現在看來妳好像在怪罪無辜的人呢？我明明什麼都沒做，卻被當成會濫殺無辜的罪人？」

「才、才不是……」

「這個世界上還有像我這樣無害又善良的魔法師嗎？我太受傷了，妳要怎麼補償我？」

事情似乎變得有點奇怪。我明明只是想保護百合少女免於遭受路卡斯的毒手，現在怎麼反而變成我的問題了？

我深吸一口氣。不行，我不能被他的話題牽著走！什麼無害又善良的魔法師？這是什麼鬼話！我想起來了，我們第一次在紅寶石宮後院見面時，他也是這樣胡說八道。那時候他還拿小黑威脅我，說以後只要有機會就要把小黑吃掉！呃啊，突然想起我們第一次見面時的驚險場景了。

「對了，你第一次見到我的時候，還對我施展那個奇怪的肥皂泡泡！」

「泡泡？」

「對！你來偷小黑的時候，向我發射的那些泡泡！你是不是想用它對我做一些奇怪的事？」

「啊，也對。」

聽到我說的話，路卡斯眉頭皺了一下，好像突然想起什麼似地下意識回應道。等一下……啊，也對？啊，也對？你剛剛說「啊，也對」？

「一開始我以為是錯覺，但後來越想越奇怪！你製造的那些泡泡，我在聞到它們的味道之後，呼吸都快停了！」

「妳在說什麼啊？那就只是普通的肥皂泡泡。」

在我生氣質問他的同時，路卡斯瞬間一頓，然後像在安慰我一樣開口。

「妳像個鄉巴佬一樣對魔法感到新奇，所以我才勉為其難表演泡泡魔法給妳看。」

啊哈，所以你當時是想免費給我看泡泡魔法秀？

「別開玩笑了。據我所知，你才不是那種會因為一個七歲小孩對魔法感到好奇就無緣無故做好事的人。」

「……」

聽到我的反駁，我們之間頓時陷入一陣短暫的沉默。見路卡斯似乎無言以對，我也開始感到困惑。路、路卡斯……？喂？你為什麼一句話也不說？你現在的表情怎麼這麼可疑？難道那是「啊，被發現了」或者「這下糟了」的表情嗎？

我眼珠一陣亂顫，一直注視著我的路卡斯終於打破了凝滯的氛圍，微笑著開口。

「我沒有騙妳。真的就是普通的泡泡。」

「真的嗎？你說的是真的？」

「對。妳是被騙長大的嗎？幹嘛一直問？」

但你剛才看起來真的很可疑啊！

「如果不是普通泡泡，那是什麼？難道妳覺得我想用泡泡殺死妳？妳現在是在懷疑我嗎？哇，那我會很受傷的。」

看著故作可憐的他，不知為何我竟有點難以繼續質問。我真的對美人完全沒有抵抗力。雖然不清楚路卡斯內心到底在想什麼，但他的外表確實是個漂亮少年。當然，他那副楚楚可憐的模樣肯定是假的。啊，他現在是不是在對我使出美人計？

「而且妳可能記不太清楚，畢竟那是好幾年前的事了。妳會覺得呼吸困難，可能只是因為妳激動地跳來跳去，想抓住泡泡，所以才會喘不過氣。」

「才不是那樣……」

雖然他的話很有道理，但我還是無法完全釋懷，於是路卡斯只能無奈地繼續說道。

「那現在再確認一下不就好了。」

他揮了揮手，圓滾滾的泡泡立刻在我眼前浮現。

哎呀，這是我十年來首次再見到泡泡！

「等、等一下，別直接往我臉上吹啊！」

「不這樣怎麼確認？」

路卡斯嘲笑地說著，這顯然是他捉弄我的伎倆。呸呸呸！泡泡一直飛到我的臉上！

「看，妳一點事也沒有吧？」

好吧，既然你這麼說，我姑且相信你一次。畢竟我懷疑你有什麼用呢。十年前的事現在也無法證明，而且把它當成普通泡泡可能對我的心理健康更好，嗚嗚。

「這突然讓我想起過去的事了。」

我用手指輕輕戳著房間裡飄來飄去的泡泡，並很快地沉迷其中。

「那時候的你真的很可愛。」

「我現在也很可愛。」

「呃……」

我不再繼續玩泡泡，而是轉過頭去準備嘲笑路卡斯，但下一刻，我看到的卻不是青少年版的路卡斯。

「哈，就算我再怎麼可愛，妳也不要太迷戀我。受歡迎很累人的。」

已經變成十歲小孩的路卡斯看著張大嘴巴的我，得意洋洋地說道。他平時那種討人厭的表情，還有得意洋洋撩頭髮的動作，不知為何此刻一點都不讓人討厭。

這是完美的迷你版！我都忘了小小路卡斯有這麼可愛！哇，那小巧的五官、那可愛的動作，真想咬一口！迷你版的路卡斯真是可愛得要命，但比這更強烈的，是我氾濫的求知欲。

「我也能像你那樣隨意改變年齡嗎？」

「妳嗎？」

路卡斯看著我的眼睛，手撐著下巴，只見他的小手指從袖子裡探了出來。哇，這個動作也太犯規了吧！

「讓我看看，妳的話……」

我期待地看著他上下打量我，但隨之而來的評價卻讓我的期待徹底破滅。

「大概到一百歲的時候就可以做到吧。」

一百歲？那不就已經是駝背的老婆婆了嗎？是馬上就可能魂歸西天的年齡吧！但按照路卡斯的性格，如果不可能的話，他肯定會直接說的。所以他說到一百歲就可以，也許從側面證明了我的魔法才能？嗚嗚，但還是好難過……

「你是從什麼時候開始能做到的？」

「妳真的想知道？」

路卡斯看著我，眼中似乎帶著嘲笑，就像在說「妳居然敢和我比」或是「妳知道後會失望的」。

哎呀！我忿忿不平地一屁股坐到沙發上。一百歲，他竟然說一百歲！變成咯咯笑的老奶奶之後還強行裝嫩的話也太過分了吧。算了，我放棄！這麼一想，不只路卡斯，小時候的珍妮特和伊傑契爾也很可愛。當然，我自己可愛是理所當然的，咳咳。

「現在想起來，的確有點奇怪。」

我回想起剛剛茶會時的珍妮特。她離開並再次返回之後，臉上始終保持著笑容，但為何我總感覺有種違和感呢？是我的錯覺嗎？

「奇怪？什麼奇怪？」

我轉過頭，看向反問我的路卡斯。他依舊維持著小孩模樣，微微歪著頭。

我盯著路卡斯的臉，迅速展開動作。啊哈！你那像糯米糰子一樣的臉頰一直讓我很心動呢！

「哇，好軟啊！」

我時刻觀察著路卡斯的臉頰，迅速伸手捏了一把。小路卡斯的臉頰在我的手中像糯米糰子一樣被拉長。他顯然沒有預料到我會突然偷襲，被我抓住臉頰後，忍不住皺起眉頭。

「喂，妳在幹嘛？」

「你到底吃了什麼，臉頰怎麼這麼軟？簡直就是作弊！」

我毫不猶豫地繼續揉捏著他的臉頰。如果不把握這個機會，我什麼時候還能這麼盡情地摸小路卡斯軟嫩的小臉頰呢！

「在偶還淵意好好說的時候放哀偶。」

「天哪，我的手好像黏在你的臉上了！怎麼也拿不開！」

你的臉頰就像毒品一樣！啊啊，可怕的傢伙！只用捏捏臉頰就讓我徹底上癮了！我怎麼可能放開呢？簡直是對軟軟糯米糰子臉頰的侮辱！而且，因為臉頰被拉扯而發出奇怪聲音的小路卡斯真的很可愛！

「不凹喔，尼還不放手！」

「軟軟的……呃！」

突然間，小小的路卡斯變回了成年版路卡斯！

「我好聲好氣叫妳放手了，對吧？」

低沉的聲音倏然在耳邊響起。一望進他那鮮紅色的眼睛，我立刻嚇得把手迅速從路卡斯的臉頰拿開。

「為什麼不像剛才那樣繼續摸呢？」

「不、不需要！你現在不是糯米糰子！」

「妳不摸怎麼知道。」

「不用摸也知道！」

「變態。」

什麼！聽到路卡斯的話，我氣憤地開始拍打成年版路卡斯。

「你這個傢伙！幹嘛突然這樣！我說過了，不要變身！」

「喂，是妳先開始的。」

「吵死了！」

你嚇到我，還要我感謝你嗎？哎呀，更該打了！

路卡斯帶著一副好笑的表情開口反駁。但不管他怎麼說，我還是持續打了他好一陣子，直到路卡斯狡猾地又變回小小的版本為止。

Chapter XIVS 各自變化的心

「時間已經很晚了，你現在要喝酒嗎？」

「不是我，是父親要的。」

深夜，珍妮特從房間走出來，剛好看到伊傑契爾從櫥櫃中取出酒瓶。那是一瓶二九九年產的干邑白蘭地。這款白蘭地酒精濃度極高，是羅傑．亞勒腓非常珍惜的收藏。

「看來叔叔今天心情不錯。」

「他本來情緒就很多變。」

自從郊遊會平安結束後，儘管沒有明顯表現出來，但亞勒腓公爵看起來心情非常好。亞勒腓公爵夫人曾因珍妮特堅持要獨自主辦而非常擔心，但聽到丈夫說郊遊會非常成功，她顯然也放心了下來。

然而，自從郊遊會之後的某一刻開始，珍妮特每次見到阿塔娜西亞公主，都會沉浸在一種難以言喻的微妙情緒當中；而伊傑契爾則是回程路上都露出一副難以捉摸的表情，在馬車上一直凝視著窗外。

「我也想喝酒。」

「不行，妳還小。」

珍妮特看向一手拿著酒瓶，另一手拿著兩個杯子的伊傑契爾。接著，她突然注意到伊傑契爾將襯衫的袖子捲到了手肘以上。

「早點睡吧，珍妮特。」

她的目光凝視著伊傑契爾的左手臂。兩年前的某一天，伊傑契爾為了她而受傷。雖然隨著時間推移，手臂的傷已經痊癒，且沒有留下任何疤痕，但珍妮特仍十分在意那個曾經有傷口的地方，彷彿那裡至今仍有一道只有她能看見的傷疤。

「我明天要出門去訂做新禮服，你能陪我一起去嗎？」

珍妮特對著背對她離去的人衝動地開口。聽到這個突如其來的要求，伊傑契爾停下腳步。他慢慢轉過身，向珍妮特給出了一貫的答覆。

「如果妳想要的話。」

「你不想陪我嗎？」

在這種情況下，珍妮特的反問無疑令人出乎意料。她瞥見伊傑契爾瞬間一頓，隨即露出淡淡的微笑。

「謝謝你。我很期待明天的外出。」

她像什麼都沒發生一樣，笑著轉過身。但當珍妮特背對伊傑契爾時，她的神色卻黯淡了下來。

你總是這麼說。除非我主動要求，否則你永遠不會主動答應我。腳步聲在背後短暫停頓又再次遠去。等珍妮特回過頭，那裡已經沒有人了。她靜靜注視著那片空蕩，緩緩邁開腳步。

——如果妳想要的話。

小時候，曾以為這句話是一種溫柔的表現。是啊……我曾將他的殘酷，誤認為是一種溫柔。

❖❖❖

「我稍微失陪一下。」

珍妮特說完，便離開了舉辦茶會的花園。地面被如茵的鬆軟綠草覆蓋，因此幾乎聽不見任何腳步聲。隨著離鮮花盛開的花園越來越遠，珍妮特原本翻騰的心情也逐漸平靜。可當她的內心終於平靜下來，心中那股莫名的激動卻不知為何越發強烈。

珍妮特不知道自己為何會突然這樣。啊，真奇怪。茶會明明很愉快，自己和少女們的對話也很有趣，我喜歡的公主殿下也在那裡，但為什麼我這麼想離開那個地方？

——嗯，瑪格麗塔小姐和亞勒腓公子只是兄妹關係吧？

離開被翠色圍繞的花園，喀噠喀噠的腳步聲倏然在耳邊迴盪。不知為何，珍妮特的腦海中浮現了兩年前在綠寶石宮舉辦的、阿塔娜西亞公主的十五歲生日舞會。那時因為伊傑契爾手臂受傷，她婉拒了公主的邀約。但事實上，她也覺得自己那天沒去舞會反而是件好事。

她不知道自己為什麼會產生這種想法。她想見到公主殿下，但同時又不想見她。珍妮特也知道這種心情十分矛盾，但她無法理解這種情緒源自何處。不知為何，她覺得那天的阿塔娜西亞公主似乎和跟她一起看煙火的那位公主殿下並不一樣。而在剛才的茶會上，她又莫名浮現了與當時類似的想法。

——亞勒腓公子為什麼不訂婚呢？

——該不會是已經有心儀的人了吧？

對，我知道。這是個非常愚蠢的想法。世界上只有一位公主殿下，而她永遠都會是我在這個世界上最喜歡的人之一。但不知是從哪個瞬間開始，每當看到阿塔娜西亞公主逐漸被幸福圍繞，珍妮特就會有種被未知恐懼追趕的感覺。

——聽說那天有人在甜點咖啡館看到亞勒腓公子和一位少女待在一起，這是真的嗎？

——瑪格麗塔小姐也不清楚嗎？

珍妮特莫名感到焦慮，她不想讓任何人發現自己的異常。

——是的……就算我們再怎麼親近，我也不可能知道他的一切。

珍妮特避開了綠寶石宮其他侍女的視線，漫無目的地走著。剎那間，她突然回過神來，意識到自己已經心不在焉地走了很長一段時間。她四處張望，才發現自己正身處陌生的景色當中。這裡的氛圍與綠寶石宮的花園截然不同，盛開的紫色花朵在陽光的照射下，將每一處都染成了明亮的深紫色。

看來我走錯路了，但這裡是哪裡啊？珍妮特十分慌張。來到這裡的路上沒遇到任何侍女，還有如此恍神的自己都很奇怪。

沙沙沙。

下一刻，珍妮特終於明白了一切異常的緣由。

「妳是誰？」

濃密的金髮在風中飛舞，在她眼前的是一雙散發著寒光的璀璨瞳孔。啊，對了。我會來到這裡，就是為了見到這位。

「竟敢擅闖皇宮，膽子也未免太大了。」

冷漠無情的聲音在空氣中響起。珍妮特呆呆地盯著對方看了一會兒，最終還是抑制不住內心的激動，顫顫巍巍地開口。

「您……」

那一刻，她腦中並沒有任何想法。

「您……不記得我了嗎？」

三年前，在成年舞會上，她曾近距離見過自己父親一次。有沒有可能對他來說，那一天也像現在這場命中註定的相遇一樣刻骨銘心呢？

「朕有記住這張臉的必要嗎？」

然而，克洛德給出的答覆卻比方才更加冷漠。那道冰冷的目光幾乎要將珍妮特穿透。

「這個時間會出現在皇宮的外人……看來是阿塔娜西亞茶會的客人吧。」

他將目光瞥向綠寶石宮的方向，喃喃自語開口。一提到阿塔娜西亞公主，他的眼神便與方才看著珍妮特時截然不同，明顯溫柔許多。看到眼前將她當作外人對待的克洛德，珍妮特心中頓時湧上一陣痛楚。

「罷了，今天就饒妳一命。」

她猶豫片刻，將手緩緩伸向了自己手指上的戒指。

「算妳好運。如果妳不是阿塔娜西亞的客人，我不會讓妳安然無恙地離開。」

但最終，珍妮特並沒有取下藏住自己寶石眼的戒指。她的手很快便無力地垂下。

「但沒有下次了。再讓我看見妳擅自在皇宮內隨意閒晃，妳的下場將會非常難看。」

不知名的清脆鳥鳴從頭頂上傳來，眼前是一片絢麗盛放的溫暖紫紅，春夏交界的樹木則層疊著清新的淺綠。

「警告妳，別讓朕再見到妳第二次。」

然而，耳邊傳來的聲音和掠過她的眼神都是不帶絲毫溫度的冷色。直到克洛德轉身離開，陽依舊光在他背後燦爛灑落。

啾啾。

珍妮特被獨自留在這個陌生的地方。眼前景象在陽光的照射下泛著繽紛的色彩，然而，她卻彷彿被遺棄在刺骨的冷冬之中。

她覺得好冷，而且非常孤獨。

但在這裡，始終沒有一個人能溫暖她傷痕累累的心。

珍妮特舉起手遮住了眼前的景象。這是她生平第一次被孤獨的恐懼徹底吞噬。

❖
❖
❖

在一個悠閒的下午，路卡斯突然想起了昨天發生的事。

——對了，你第一次見到我的時候，還對我施展那個奇怪的肥皂泡泡！你是不是想用它對我做一些奇怪的事？

耳邊迴盪著那個責問他的聲音。那一刻，路卡斯原本平坦的眉頭出現了深深的皺摺。

——妳在說什麼啊？那就只是普通的肥皂泡泡。

他當時為什麼要說謊呢？

路卡斯對此感到非常困惑。事實上，十年前在皇宮的後院第一次見到那個追著神獸的女孩時，他本來打算直接殺了她，這樣即便偷走神獸也不會有人發現。但看到她第一次見到魔法時新奇又開朗的天真表情，路卡斯感受到一股從未有過的良心譴責。於是他特意製造了肥皂泡泡，作為給予眼前女孩最後的告別禮物。

當然，這不是他告訴阿塔娜西亞的那種普通魔法，如果她一直陷於其中，一定會因缺氧而死。而那次阻止了他的，正是阿塔娜西亞的神獸小黑。

路卡斯咂了咂嘴，陷入沉思。這東西連畜生都不如，居然也能這麼聰明？即便牠只是還沒完全成熟的魔力團，卻大膽地破壞了他的魔法。當然，那時他剛從長久的沉睡中醒來，狀態相當虛弱。換作以前，他可能會因為錯過那隻神獸而感到遺憾，但自從得到更好的世界樹枝條後，他就不再覺得可惜了。

無論如何，重點是他為什麼會對阿塔娜西亞說出「那就只是普通的肥皂泡泡」這句謊話。

路卡斯一向過著隨心所欲、不受拘束的生活，很少需要說謊。大多數時候，他說謊只是因為「覺得有趣」或「怕麻煩」。

然而，昨天他對阿塔娜西亞說謊的原因與以往不同。如果是以前的路卡斯，在昨天的情況下，他應該會厚著臉皮回答「嗯，我就是想殺了妳。妳現在才知道喔，我以為妳早就知道了」或者「是啊，但那次沒成功殺死妳，所以有點可惜」。但當他面對阿塔娜西亞露出那種「應該不是吧」的眼神時，他莫名無法說出「妳的想法是對的」這句話。那時的路卡斯希望她永遠不要知道自己曾經想對她做的事。

「您看，那邊正忙著在維修黑塔。」

正當路卡斯皺著眉頭思考，一直在旁邊偷偷觀察他的魔法師終於開口。

「俗話說人多好辦事嘛。如果我們一起去幫忙，速度會不會更快？」

當初這些魔法師因為懶散而將維修黑塔的工作拖延了好幾年，現在卻突然變得這麼積極的原因是什麼呢？

難道他們是擔心那位總是突然出現的黑塔魔法師會前來嗎？但路卡斯沒有理由為了那個像猴子一樣的假小子，親自去操心這些麻煩的事。他傲慢地將腿蹺到桌上，漠不關心地回答。

「笨蛋一號，你去吧。」

「為什麼我是一號？」

那人隨即就氣憤地提出質疑。是塔主太常叫塔之魔法師「笨蛋」了嗎？那個倒楣蛋對於被稱為「一號」感到不爽，但對於「笨蛋」這個稱呼卻毫不介意。

「而且與其叫我去幫忙，您去不是更快嗎？」

他是前年剛加入黑塔的新成員，照資歷來看，應該算是所有魔法師中年紀最小的。當然，若從外表上看，十七歲的路卡斯才是最年輕的。不過對魔法師來說，重要的並不是身體年齡，而是魔法上的成就。

但在他剛到黑塔的時候就犯了大錯，輕視了看似年紀最小的路卡斯。然後在路卡斯面帶微笑請他作為「新招式的練習對象」之後，他就被打得鼻青臉腫，並馬上謙虛了起來。當然，他還是保留著最後的自尊心，對路卡斯仍然使用著模稜兩可的尊稱。

看著在一旁悠哉地發呆的路卡斯，他在心裡默默流下淚水。看到其他魔法師見到路卡斯那張年輕的臉時驚慌失措還不斷顫抖的模樣，他早就該發現端倪了。嗚嗚，雖然後悔，但為時已晚。

之後，他便被路卡斯賦予了「笨蛋一號」這個光榮的稱號。哎呀，人生真是艱難。原以為來到魔法師的聖塔就能迎來春天，誰知道世界上有太多比他更聰明的天才，而其中最突出的就是眼前這個囂張的小子。

他惱怒地翻閱著魔法書。

「塔主說可以趁這次練習一下魔力運用，所以把所有修復工作都交給我們……我來這裡是為了學習魔法，不是來幹體力活的……他前幾天好不容易得到了公主殿下的頭髮，整個人興奮得不得了，全心投入研究……」

「什麼？得到了誰的什麼？」

路卡斯對他接連的嘟囔終於展現興趣。

「公主殿下的頭髮。」

「從哪裡得到的？」

「聽說是上次公主殿下親自給的。最近黑塔裡想要研究公主殿下魔力的魔法師可不只一兩個……」

「現在在研究室嗎？」

「誰？塔主嗎？」

「不然我是在問公主殿下嗎？」

「我剛才說過了啊，塔主一直待在研究室。你耳朵聾了嗎？」

「你跟我說話怎麼變得這麼無禮？」

悄悄不對路卡斯使用尊稱的笨蛋一號緊張地抖了一下，隨即便發現路卡斯那雙紅色眼睛正凝視著他。危險警報！危險警報！這種不祥的預感他曾在第一次不懂事去挑釁眼前這個人反被狠狠修理時也曾感受到！

笨蛋一號趕緊恢復恭敬的姿態，匆忙地作出解釋。

「不是，我不是故意那樣的……我只是想快點回答您的問題……」

「現代人應該保有從容不迫的態度啊。說話的時候急到沒時間使用尊稱？如果是這樣，我會想讓你再也無法開口耶。你說呢？」

「呃！我會注意的！」

「那就好，下次小心點。」

「是。」

在路卡斯拍拍他的肩膀，給出恐怖的「安慰」之後，笨蛋一號縮到角落，覺得自己瞬間蒼老了許多。

「我該走了。」

看著站起身來的路卡斯，他下意識地出聲提問。

「您、您要去哪裡？」

「研究室。」

根據剛才的對話，路卡斯提到的研究室肯定是塔主所在的地方。笨蛋一號小心翼翼地再次問道。

「您為什麼要去那裡……？」

「聽說有人拿了我的東西，害我很煩躁。」

我的東西？到底是什麼？

路卡斯無視身後充滿疑問的視線，逕自離開了房間。沒過多久，黑塔便傳出一陣轟然巨響和莫名其妙的慘叫。後來，據說塔主從黑塔的研究室跑出來大喊「路卡斯那個該死的傢伙，害我珍貴的研究材料被火燒了」，還因此哭了整整一週。

Chapter XV 再次遇見的男配角，百感交集的狩獵大會

在亞勒蘭大的使節團抵達後的某天。

「公主殿下，您該準備出席宴會了。」

在我和克洛德一起迎接完使節團，就聽莉莉開口提醒，而我不禁在心裡嘆了口氣。為了晚上的歡迎宴會，我大概又要忙得分身乏術了。早上為了接見使節團已經被細心打扮了一番，能不能換套衣服就直接過去呢？

「不過已經準備得差不多了，應該會有一些空閒時間。」

莉莉的想法似乎也和我一樣，我和莉莉真是心有靈犀！

「聽說這次使節團中有很多帥氣的騎士，宮裡的人都非常興奮呢。」

聽到漢娜這麼說，我疑惑地歪了歪頭。

是嗎？剛剛在迎接使節團時，我確實有看到騎士們，但他們都低著頭，我也沒看清楚長相。咦？宮裡的人是什麼時候看到他們的臉呢？我眯起眼睛，陷入疑惑。

「那就休息一下吧。要準備的時候我再來接您。」

在眾人離開後，我獨自一人留在房間。

亞勒蘭大和歐貝利亞的使節團幾乎每兩到三年就會互相訪問。現在是和平年代，這次來訪似乎沒有什麼特別的原因。

這麼一想，男配角卡貝爾．恩斯特也在使節團中嗎？如果按照小說劇情，現在差不多是他登場的時候了。騎士們都穿著相同的制服，若從遠處看，要分辨身分相當困難。反正我現在有空，不如去看一眼吧？他們應該正在往藍寶石宮移動。

我無所事事地坐在沙發上，突然萌生了這個想法。老實說，事到如今，卡貝爾．恩斯特有沒有來都無所謂，但我還是有點好奇。

咻嗚——

於是，我瞬間移動到了藍寶石宮的天使雕像上。

嘿，姐姐！妳的翅膀真的酷斃了，我稍微借用一下。喔，坐起來的感覺真不錯！雖然是石頭雕像，一點都不柔軟，但有得坐已經很不錯了。咳，其實雕像的頭頂才是最佳位置，但我實在不忍心坐在美麗的天使姐姐頭上。把我的屁股放在匠人精心雕刻的天使頭頂上，那樣實在太無禮了！

當我在天使雕像的翅膀上找到座位時，一列長長的隊伍從遠處出現。哎呀，因為移動規模很大，要重新整頓好隊伍並返回住處比想像中花了更多時間。

我無聊地觀察著逐漸走近的隊伍。反正我用了隱形魔法，不用擔心被別人發現。讓我看看，男配角在那裡面嗎？

過了一會兒，我終於看到了在騎士隊伍中的卡貝爾．恩斯特。

啊，他有來呢。我只是隨意猜測，沒想到果真如此。讓我想想啊，男配角登場之後，《可愛的公主殿下》中有發生什麼重要事件嗎？似乎沒有。他只是在伊傑契爾和珍妮特相親相愛時，稍稍參與了一下，然後就孤獨地退場了。

「咦？」

突然間，卡貝爾．恩斯特像是感應到了什麼，開始環顧四周。而我一不小心便和他四目相對了。

就在那一刻，卡貝爾．恩斯特張大了嘴巴，同時瞪大雙眼。

「哇！是精靈……！」

哎呀！被發現了！

卡貝爾．恩斯特響亮的叫喊在藍寶石宮周圍迴盪。見狀，我立刻用魔法離開了天使雕像的翅膀。

「恩斯特，你幹嘛突然大喊大叫？」

「團長大人，抱歉！我明明在那個天使雕像上看到了精靈……」

「那上面有什麼東西嗎？」

「咦？」

我已經重新移動到藍寶石宮的尖塔上了。只見卡貝爾．恩斯特揉著眼睛四處張望，最終還是沒能找到我，只留下一臉茫然。

我俯瞰著比三年前更成熟的他，心中不禁一陣感慨。

哎呀，這個男配角，無論是過去還是現在，總是在意想不到的地方給人驚喜。他真的有如野獸般的直覺，竟一眼就發現在天使雕像上的我。幸好多年的勤學讓我沒有驚慌失措，而是迅速離開了現場。但卡貝爾．恩斯特能看見我，難道意味著他還保留著當時的那個工藝品？

我看著亞勒蘭大的使節團進到藍寶石宮，動身返回了綠寶石宮。

❖❖❖

「非常感謝您親自舉辦歡迎會。」

晚宴上，我沒有看到卡貝爾．恩斯特。我偷偷環顧四週，然後將視線轉回正面。畢竟，在眾多人群中要找到男配角並不是件容易的事。

這麼一想，在小說中，珍妮特和卡貝爾第一次見面的地方也不是在宴會上。

「而且今年能如此近距離見到歐貝利亞的星辰——阿塔娜西亞公主殿下，真是萬分榮幸……」

我微笑著看亞勒蘭大使節團的代表向克洛德表示感謝後，轉而向我進行一成不變的客套誇讚。

嗯，是塞洛伊德公爵吧？這位叔叔也留著鬍子啊。亞勒蘭大還流行留鬍子嗎？

「謝謝您。希望您在歐貝利亞的期間過得愉快。」

小說中，珍妮特第一次遇見亞勒蘭大的使節團似乎也是在這個時候。男配角卡貝爾・恩斯特剛見到珍妮特就立刻墜入愛河，與伊傑契爾展開了一番競爭……咳咳，至少他自己認為是一番競爭。

伊傑契爾好像只是平靜地忽視了卡貝爾，但珍妮特似乎很享受與性格開朗活潑的男配角相處。當然，那並不是對異性的好感，更像是看到隔壁家狗狗興奮地搖尾巴跑過來時的快樂……唉，想到這裡真讓人心酸，可憐的男配角！

「啊，對了，我們的戴斯殿下和您相差兩歲對吧？下次有機會的話，安排阿塔娜西亞公主殿下和戴斯殿下見面如何？我覺得兩位簡直天生一對，非常般配……」

匡啷！匡啷！

此時，旁邊突然傳來了東西碎裂的聲音。啊，塞洛伊德公爵一開口說話，氣氛就變得不妙了！

「這盤子薄得跟紙一樣。」

克洛德冷冷盯著從中間裂開的盤子。不是啊，肉要怎麼切才會讓盤子碎成那樣？這不是盤子太薄的問題吧！

「你剛才說了什麼？朕好像沒聽清楚。」

「那、那個……」

在宮人們匆忙地整理桌面時，克洛德陰沉地向塞洛伊德公爵問道。塞洛伊德公爵似乎意識到事情不太對勁，迅速地搖頭否認。

我看著克洛德用冷冽的目光盯著塞洛伊德公爵，心裡暗自發笑。

叔叔，我爸是個女兒控，你不能隨便這麼說呀！不能隨便惹怒沉睡中的獅子！就算戴斯殿下是亞勒蘭大的皇子，也不能說我和他天生一對。隨便把我跟其他男人配對的話，可能會惹出大麻煩喔。

「塞洛伊德公爵，阿塔娜西亞公主殿下無疑是下一任皇位的繼承者。與戴斯殿下提前結交固然好，但公爵您說的話……」

塞洛伊德公爵旁邊的另一位使節團成員也流著冷汗小聲說道。他以為自己已經說得夠小聲了，但自從吸收了世界樹的樹枝，我的聽力似乎變得非常敏銳，能清楚聽到他們的對話。

「我剛才說了什麼？」

「您剛剛不是在說聯姻的事嗎？」

是的，最大的問題顯然就出在這裡。關於我是克洛德的繼承者的這個傳聞，已經在外國廣為流傳，但他們現在竟然想讓我和他們國家的皇子聯姻？即使我不繼承皇位，與我結婚的男人也很有可能會成為歐貝利亞的下一任皇帝。

況且，亞勒蘭大的皇子戴斯也是現任的皇位繼承人，他與我聯姻顯然也不合理。

嘖嘖。就算他只是想藉此活躍氣氛、開個玩笑，但對象是克洛德的話，那就行不通了；但如果他是認真的，那不就是空歡喜一場嗎？

「一個柔弱的女子怎麼能登上皇位？」

塞洛伊德公爵接著傳來的低語，讓我差點被氣到血管爆裂。

「雖然現在皇后的位置空缺，但將來也許會有正統的皇子誕生，屆時繼承順位自然會改變。公主殿下像花一樣柔弱又美麗，與其參與殘酷的皇位爭奪，不如嫁給我們戴斯殿下不是更好嗎？畢竟女人過著被丈夫保護的優雅生活才是最大的幸福……」

匡啷！匡啷啷！

宴會廳又傳來了物體碎裂的聲音。坐在我對面的兩人也因突如其來的聲響轉過頭來。

我笑著放輕了手中的力道。

匡啷！匡！匡啷啷！

「哎呀，失禮了。」

「呃！」

被折成兩半的刀叉從我手中掉落。金屬餐具扭曲變形，徹底斷裂。這讓塞洛伊德公爵和其他使節團成員紛紛驚訝地張大了嘴巴。

「徒、徒手就將餐具折成兩截……」

「體內魔力過於充沛，有時就會發生這樣的事呢。啊，但我從未在人身上失手過。」

「原、原來如此……」

我向他們露出一個天真無邪的表情，輕輕笑了起來。

真是的，才這樣就被打趴，還敢說女性柔弱、被丈夫保護才是最大的幸福？呸呸呸，這些話統統都給我吞回肚子裡去！

繼克洛德將盤子切碎，我也展現出自己的力量，讓塞洛伊德公爵有些如坐針氈。

「這些餐具都太脆弱了，真是不堪用。」

不只是我，坐在我旁邊的克洛德也已將餐具化成粉末。

「看來換成更堅固的餐具會更好吧？」

我和克洛德自然地進行著對話，同時從宮人手中接過新的餐具。

在那之後，宴會的氛圍非常愉快，讓我相當滿意。

❖❖❖

「嗚哇！」

那個倒抽一口氣的聲音感覺有些熟悉。我撐著陽傘，轉頭朝聲音的來源看去。此時我正在花園裡散步，而出現在我面前的人正是男配角卡貝爾．恩斯特。他頂著一頭在風中飄揚的棕色捲髮，一雙藍眼睛睜得圓滾滾的，穿著亞勒蘭大騎士服的他正對我露出茫然的表情。卡貝爾就像伊傑契爾一樣，與三年前相比，明顯擺脫了少年的稚氣，但他說出的話卻如同彼時的少年一樣無比純真。

「精、精靈！」

是的，我確實跟媽媽黛安娜一樣，長得有點像精靈。哎呀，我能這麼平靜地想這些事，看來我也比三年前厚臉皮多了。

「咳咳。」

啊，菲力斯，難道你在偷笑嗎？

旁邊的菲力斯發出幾聲輕咳，讓我有點尷尬。當然，菲力斯和莉莉一樣十分疼愛我，不太可能因為我被稱為精靈就忍不住偷笑。應該只是有人對我發出如此孩子氣的讚美而覺得有趣吧。是這樣的……對嗎？

「抱歉讓您失望了，但我不是精靈。」

我對著依舊一臉茫然的卡貝爾．恩斯特說道。隨後，他好像突然意識到我的身分，驚訝地跳了起來。

哎呀，看他那個表情，似乎終於知道我是誰了。畢竟如果連看到這雙寶石眼都無法察覺的話，那情況就很嚴重了。三年的時間確實不短，他很快就恢復理智，正式地向我道歉。

「對不起，請原諒我的無禮，阿塔娜西亞公主殿下。」

「沒事的，請不要在意。」

「我是亞勒蘭大第二騎士團的卡貝爾．恩斯特。雖然身分卑微，但這次有幸隨使節團一同前來。向歐貝利亞的星辰獻上祝福與榮耀。」

咦？這麼一看，他還是很正常的嘛？啊，不對，我不是說卡貝爾．恩斯特本來不正常……不過現在的他和三年前在亞勒蘭大見到時相比，似乎成熟了許多。

雖然見到我依然會稱呼我為精靈，可見他還保留著那份純真，但行為舉止都變得更加謹慎。嗯，回想三年前第一次見面時的情景，我們似乎都有所成長了呢。

「您一個人在這裡散步嗎？」

「是的，我剛才想出來透透氣，沒想到迷路了。」

卡貝爾．恩斯特不知所措地回答道。看他慌張的樣子，這次的意外相遇顯然讓他有些手足無措。

「剛、剛才真的很抱歉。我以為您是我認識的精靈，不對，是我認識的某個人……啊，也不能說認識。我以前偶然遇到的某個人跟您非常相像，所以我搞錯了……」

看著他有些羞紅的臉頰和結巴的語氣，我的心情頓時變得有點複雜。這和前幾天在甜點咖啡館伊傑契爾的那番話很像，但感覺卻截然不同呢。

了。

「原來如此。」

嗯，但他說的那個精靈不就是我嗎？嘖嘖，這讓我不禁有點良心不安，看來我該走了。

「這座花園是我非常珍惜的地方。」

「啊，十分抱歉，未經允許就擅自闖進來。我不是故意的……」

「這些花朵如此美麗，也許真的有精靈住在這裡呢。」

雖然是幾年前的事，但畢竟是我突然出現，讓他誤以為真的有精靈存在。這讓我對他有點抱歉，所以這次我不會嘲笑你的！

「歐貝利亞一年四季都很溫暖，花朵總是繁茂地盛開。也許是這些花朵中的精靈引導恩斯特爵士來到這裡呢。」

「……」

「容我先行離開了，您可以慢慢欣賞花園。再見。」

我微笑著說完，不知為何，卡貝爾．恩斯特的表情又變得有點傻。嗯，他那個表情看起來有點不妙，我得快點離開了。正當我準備轉身邁步離去時，菲力斯突然在旁邊小聲對我說道。

「看來公主殿下又多了一個追隨者呢。」

「嗯……」

果、果然是這樣嗎？那個表情看起來就像對我「一見鍾情」了啊。難、難道他本來應該在這裡遇到珍妮特，卻意外遇到我，因此沒有喜歡上珍妮特，而是對我產生了好感？應、應該不會是那樣的吧……

我回頭瞄了一眼，發現卡貝爾．恩斯特仍站在原地盯著我，讓我更加不安了。我加快腳步，迅速離開了花園。

❖❖❖

兩天後，我又遇到了卡貝爾．恩斯特。

「您好！」

他那充滿活力的聲音響起的瞬間，我忍不住驚訝地轉過頭，然後不由自主地嘆了口氣。

「我是亞勒蘭大第二騎士團的卡貝爾．恩斯特！」

他以響亮的嗓音再次做了自我介紹，似乎擔心我不記得他。不過，這裡又不是上次在花園相遇的地方。竟然巧遇兩次，不禁讓人覺得有點古怪。

「看來今天您也是獨自出來散步……」

「不是的，我今天和同伴們一起訓練，看到您從遠方經過……」

什麼？聽到他的話，我腳步倏然一頓。也就是說，這次並不是偶然相遇，而是他從遠處看到我，然後才過來的？他為什麼要特意來找我？

卡貝爾似乎也意識到自己說漏嘴了，露出了尷尬的表情。

「那、那個，我只是無意中發現了一朵很適合公主殿下的花……」

他的話聽起來像在找藉口，讓現場氣氛變得更加尷尬。我甚至感覺背後都要冒出冷汗了。

男配角，你、你到底為什麼要這麼做！你這樣做，就像真的喜歡我了啊？

「所以我只是……想把這個送給您！」

卡貝爾．恩斯特遞給我的東西讓我的心情十分複雜。

等等，這不是我花園裡的花嗎？他現在是拿我的花來送給我嗎？這、這又是什麼奇怪的送禮方式？在這種情況下，我應該可以生氣地質問他為何隨意摘了我的花吧？

但當我從花朵移開視線，抬頭看向他時，我發現自己竟無法對他多說些什麼。卡貝爾．恩斯特說他特地跑過來找我居然是真的，只見他穿著輕便的襯衫，而非騎士團的制服，頭髮有些凌亂，衣服下襬還沾滿泥土，這樣的裝扮讓他手中的粉色花朵更加顯眼。不僅如此，不知道是他跑過來，還是因為害羞，他的臉頰微微泛著紅暈，讓人覺得……

「謝謝。」

很可愛耶？

我在心裡對這位曾讓珍妮特開懷大笑的男配角給出了高度評價，並接過了他遞來的花。

見我接過花，卡貝爾・恩斯特看起來非常開心，簡直就像一隻大型犬一樣。他臉上突然亮起的笑容，讓人感覺他是一個直率的人。

「適合我嗎？」

我帶著玩笑的語氣拿著花問道，卡貝爾立刻點頭表示肯定。

「公主殿下，您真的就像花精靈一樣。」

就連一旁的菲力斯也開始吹捧我。

咳咳，但被稱為花精靈，還是讓人覺得既尷尬又有些難為情。我和這位男配角還是就此告別比較好！

「我會好好珍惜的。謝謝您的禮物，恩斯特爵士。」

我笑著轉身離開。這一次，依舊有股視線不斷注視著我。在我匆忙結束散步行程，回到綠寶石宮時，遇到了自顧自出現在我房間裡的路卡斯。話說，他好像已經很久沒來我房間了。

「你什麼時候來的？」

路卡斯坐在沙發上，無精打采地翻著書，聽到我的聲音便轉過頭來。接著，他看著我手裡的花問道。

「這朵花是怎麼回事？」

「是我收到的禮物。」

那一刻，路卡斯的眉毛動了一下。

「誰送的？」

「一個犬系男配角。」

「哼。」

路卡斯將拿著書的手微微垂下，自然地將另一隻手伸向我。我不假思索地把手中的花遞給了他。

「這不是妳花園裡的花嗎？怎麼能算是禮物？」

咳，這小子，真會戳人痛處。

「這包含了送花的人的心意，當然是禮物了。」

對，我們不應該忽視卡貝爾．恩斯特送的禮物！雖然我也跟路卡斯有同樣的想法，但卡貝爾外表和行為的反差讓他顯得相當可愛。嗯，不過我還是覺得有些不安。按照原本的劇情，男配角應該要對珍妮特一見鍾情，他卻似乎在不知不覺中被我煞到……是因為珍妮特不在皇宮，導致小說與現實發生偏差了嗎？他們原本是在花園第一次見面的吧？

唉，如果我能記清楚小說內容就好了。

啾啾。

在我思考時，突然聽到了鳥兒嘰嘰喳喳的聲音，於是轉頭看了過去。

「你在幹嘛！」

我頓時驚訝地大喊出聲。

「那個犬系送了妳一個不錯的禮物呢？看來妳的寵物鳥很喜歡啊。」

我看到路卡斯正在把花放進鳥籠裡，而鳥籠裡的小藍也興奮地對著花拍動翅膀！

「那個犬系似乎知道妳有養的鳥的愛好，以後偶爾拿來當點心也不錯。」

啾啾！啾——！

路卡斯說完，自顧自地笑了起來。我急忙走過去，但已經來不及了，鳥籠中只剩下光禿禿的花蕊和莖幹。

我呆呆地看著小藍在籠裡又撕又咬啄食花瓣的場景。

「你是小學生嗎？為什麼要把我收到的花當成鳥的食物？」

「因為我不喜歡。」

「不喜歡什麼？」

「這朵花長得不好看？」

什麼嘛！這是對我的花園的侮辱！

「這朵花多漂亮啊！你知道皇宮裡的園丁叔叔花了多少心血栽培這朵花嗎？」

「我不知道，也不想知道。但如果妳想要的話，我可以還給妳。」

突然間，我的鼻尖飄來了一股甜甜的香氣。當我回過神來，發現自己已經被埋在一堆粉紅色的花朵中。我困惑地看向路卡斯，但他只是滿意地看著我被埋在花海之中。

「這些花比剛才那朵更漂亮。」

「這不是同一種花嗎？」

「不一樣啊。」

這傢伙現在是在跟我玩文字遊戲嗎？明明是一樣的花，幹嘛說不一樣！

我突然有種很微妙的感覺。啊，我想起來了，上次去郊遊時，在馬車裡也發生過類似的事。我的手套被他隨意銷毀，然後他又重新變了一副給我。那時伊傑契爾碰過我的手套，他就說那是髒的，而這次是卡貝爾·恩斯特送我的花不合他心意……

剎那間，我好像意識到了什麼。

「路卡斯，你……」

「啊，不用謝。反正也不是什麼大不了的事。」

「不是那個……」

「如果妳還有什麼想要的就跟我說，別再從其他人那裡隨便接受這種東西。」

聽到這句話，我心中的疑惑變得更加濃厚。

「還有不要隨便給別人東西，處理起來很麻煩。」

路卡斯說著說著，似乎想到什麼事，忍不住皺起眉頭。

我愣在原地，片刻後才開口問道。

「我有給誰什麼東西嗎？」

「妳不是給了塔裡的老頭實驗材料嗎？」

啊，他是說頭髮嗎？塔主爺爺最近一直在用那個做實驗，看來路卡斯也聽說了。但他說「處理」是什麼意思？欸，到底是什麼意思？

「我第一次聽說時，心情比想像中還糟。」

路卡斯從花堆中拿出一朵花，開口說道。雖然他臉上帶著笑容，但我從他的眼神中感受到了一絲寒意，不由得抖了一下。

這時，我終於明白他今天來這裡就是為了說這番話。

「那、那只是一根頭髮而已。」

「對，就只是一根頭髮而已。」

我下意識開口辯解。老實說，我給誰什麼是我的自由啊！但面對著眼前的路卡斯，我不由自主地感到有些害怕。

「所以我一度想把他們全都殺了。」

殺、殺了？殺了誰？他是說塔主爺爺嗎？

「但我最後只把研究室毀了而已。」

聽到那句話，我才終於鬆了口氣。雖然知道路卡斯不可能真的殺掉塔主爺爺，但他剛才的表情非常認真，讓我在不知不覺跟著緊張了起來。

「但我想，如果我真的殺了他們，妳可能會不高興。」

「沒錯！人應該學會控制自己內心的憤怒，才能成為真正的成年人……」

「可一旦我這麼想，心情又變更糟了。」

「什麼？」

真是個難以捉摸的傢伙。心情怎麼突然一下好，一下又不好？而路卡斯接下來的話也讓我感到一陣莫名其妙。

「我發現在不知不覺中，我身上已經多了『妳』這個限制。」

「路卡斯……」

「感覺就像被抓住弱點，讓我非常不爽。」

我一時無話可說，只能靜靜地望著他。

「所以別隨便接受任何人的東西，也別隨便給任何人什麼。」

突然間，路卡斯手中的花變為白色的灰燼，隨風飄散在空中。

「下次我會做出什麼，連我自己也不知道。」

說完這句話，路卡斯默默看了我一眼，便從我的視線中消失。他離開的地方，只剩化作灰燼的花瓣靜靜落下。

仍然被花朵包圍的我茫然地陷入思考。

路卡斯……那個，你剛才是在跟我告白嗎……？

❖❖❖

路卡斯這傢伙，真搞不懂他到底在想些什麼。

我對路卡斯昨天的行為感到萬分困惑。他說的話聽起來像是告白，但要說是明確的告白，又覺得哪裡不對勁。可能是對方是擁有「黑髮瘋子」這個稱號的路卡斯，所以才讓人感到不解。他平時也總是會說些「我是他的」之類的奇奇怪怪的話，我猜這可能只是他的占有欲作祟。

然而，每當想到「占有欲」這個詞時，我卻不由自主感到一陣慌張，這個詞怎麼聽起來這麼讓人心跳加速？大概是我的錯覺吧？再加上他又說了「我是他的弱點」這種模稜兩可的話，真是令人感到非常困惑。

「公主殿下，別來無恙？願歐貝利亞的繁榮與您同在。」

就在我沉浸在自己的思緒時，有人向我打了招呼。

「好久不見，亞勒腓公爵近來是否安好？」

我對許久未見的亞勒腓公爵報以微笑，他也用笑臉回應我的問候，並開始說起客套話。

「感謝您的關心，臣很好。不過看到公主殿下日漸光彩照人，臣實在是自愧不如。」
「亞勒腓公爵似乎也越來越年輕了。」
我們表面和諧地交談了一會兒。
「您是要去見陛下嗎？」
「是的，正是如此。」
只見亞勒腓公爵突然以一種含蓄的語氣說道。
「其實，臣的兒子也在宮中。」
「是嗎？」
「是的，他說使節團中有一位在亞勒蘭大求學時認識的同學。」
「原來如此。」
我能明顯感覺到亞勒腓公爵說出這番話的緣由，所以並不想給予他期望的回應。我敷衍地回答之後，亞勒腓公爵眉頭微微一皺，似乎在想「她怎麼會對我們家伊傑契爾如此冷淡」，畢竟除了我之外，其他人聽到伊傑契爾就在附近，大概早就激動不已了。
不過，我更享受捉弄亞勒腓公爵的樂趣。當他意識到我對伊傑契爾的來訪毫無反應時，隨即改變了策略。
「咳咳，珍妮特也在，如果公主殿下有空的話，她一定很高興能見到您。」
「瑪格麗塔小姐現在也在宮中嗎？」

「是的，正是如此。」

他用這招就有點效果了。自上次茶會後，珍妮特就沒有應邀來過皇宮，總是以各種理由拒絕。我曾想過要不要親自去找她，但正巧克洛德給了我一個「利用魔法陣盡可能有效促進種子生長」的任務，讓我變得十分繁忙，也就錯過了時機。

「皇宮很大，要找人可能有些困難，如果您需要，我可以派人……」

「不用麻煩公爵了，我知道她在哪裡。」

我在皇宮內使用魔力並沒有任何限制，只要我願意，找個人簡直輕而易舉。雖然平時我不怎麼使用這種魔法就是了。

唉，老實說，這樣公然炫耀自己的能力並不是我的作風，但面對亞勒腓公爵就不一樣了。也許我是想藉機警告他，我不是小說中那個孤立無援的阿塔娜西亞，讓他不要輕舉妄動。

「她現在在騎士團的訓練場上。」

我手指輕輕一彈，五彩斑斕的光芒便像煙火一樣綻開，迅速劃過亞勒腓公爵面前。我對著他露出滿意的笑容，而他則是看著光芒餘輝，緩緩勾起嘴角。

「公主殿下的能力本就相當出眾，最近更是日益精進，身為歐貝利亞的子民，臣實在備感欣慰。」

哼嗯。我也瞇起眼睛，短暫凝視他片刻，然後笑著轉身離開。

「我想去訓練場看看。如果得空，亞勒腓公爵也不妨去看看吧。願歐貝利亞的祝福與您同在。」

「願歐貝利亞的榮耀與您同在。」

我與亞勒腓公爵道別後，繼續往前走去。

「公主殿下，您真的要去訓練場嗎？」

「不知道。」

菲力斯跟在我身後，而我回答得有些猶豫。我確實想見見珍妮特，但因為小白叔叔的關係，我覺得有點不太好。雖然他這幾年對我溫和友好，但還是讓人非常在意。況且那邊不僅有珍妮特，伊傑契爾也在……

我原本是要去黑塔的，但無論如何都得經過皇家騎士團的訓練場。於是我決定邊走邊想，就這樣繼續前行。

咦？如果珍妮特現在和伊傑契爾待在一起，那不就意味著他們正在和卡貝爾・恩斯特見面嗎？哇，這不就是女主角和男配角的首次相遇？這次卡貝爾・恩斯特會不會也對珍妮特一見鍾情呢？真是讓人太好奇了！

「菲力斯，我們稍微去訓練場轉一轉吧。」

「是的，公主殿下。」

我說去轉一轉，意思是我打算讓隨從們留下，只帶菲力斯悄悄過去。雖然我真的很好奇，但也不想太引人注目。

「哈啊——嚇！」

訓練場上，騎士們今天也在努力訓練中。聽著他們宏亮的喊聲，我悄悄移動著腳步。

嗯？是我的錯覺嗎？怎麼覺得今天騎士們的聲音更加充滿力量呢？

我走近一看，終於明白了原因。

啊，原來是有位美麗動人的小姐正在一旁觀看，所以他們才喊得特別賣力呀？

我一邊看著珍妮特柔順的棕色長髮在蕾絲陽傘下若隱若現，一邊心想這些騎士真好懂啊。不過也是啦，就算是普通人偶爾來訓練場看看，他們也會格外努力，更何況是像珍妮特這種高貴又漂亮的小姐。

是啊，就像浪漫小說裡常見的、騎士們向高貴的小姐獻上誓言的幻想，這個畫面讓我馬上想起了昨天閒來無事讀的那本言情小說。

「開始喊口號，一、二！」

「一、二！」

「橫掃！喝啊！」

「喝啊！」

但有幾人並沒有和正在整齊訓練的皇家騎士團一起行動，似乎在角落進行自由練習。

啊，那不是卡貝爾·恩斯特和伊傑契爾嗎？現在看來，珍妮特真正關注的對象其實是他們吧。那些騎士兄弟們是不是正在白費心機呢？啊，真讓人心酸！

「那是亞勒腓公子和上次給公主殿下送花的那位騎士呢。剛剛亞勒腓公爵說的那位同學應該就是他吧。真是個有趣的巧合。」

菲力斯略帶驚訝地說道。

我第一次看到伊傑契爾這樣進行對練，對此感到十分有趣。卡貝爾和伊傑契爾都拿著木劍，但伊傑契爾似乎在故意放水？

「打成平手。看來亞勒腓公子文武雙全啊。」

結果正如菲力斯所說，以平手收場。雖然他們看起來都沒有全力以赴，但不知為何感覺是伊傑契爾在讓步。畢竟他是歐貝利亞無可爭議的最佳新郎候選人！

看著他們走向珍妮特，我決定先行離開。

「我們走吧，菲力斯。」

「就這樣走了真的好嗎？」只見菲力斯用一種了然於心的笑容對我說道：「您一直都很關心您的朋友不是嗎？」

啊，我對珍妮特的關心被發現了！我們菲力斯真的改變很多呢！真沒想到他的觀察力這麼敏銳！雖然感動，但現在不是說這個的時候，呃啊啊！

「嗯，但是……」

仔細想想，現在直接去見她似乎有些不妥。正當我打算就這樣離開時，目光又不經意往訓練場的方向看去，並在無意之間與沐浴在午後陽光中的那雙深邃金眸對視。

啊，我還以為自己站的位置很隱蔽，他怎麼會注意到我呢？

我有些尷尬，就像是被人發現在偷看一樣。啊，我的確是在偷看吧？

「他們三個都在看這邊呢。」

「都是菲力斯的錯。」

我有些無奈地抱怨。但當他們朝我走來，我又恢復了以往的笑容。

「阿塔娜西亞公主殿下，願歐貝利亞的繁榮與您同在。」

「亞勒腓公子、瑪格麗塔小姐，還有恩斯特爵士，很高興見到你們。」

三人的表情各不相同。伊傑契爾對我露出了官方的微笑；珍妮特雖是笑臉迎人，但似乎對這樣的場合感到有些不自在；而卡貝爾．恩斯特則是一臉緊張。當我回應他們的問候，他立刻露出了燦爛的笑容。

「看來您之前已經先見過他了。」

似乎是察覺到朋友的異樣，伊傑契爾向我問道。

「是的，我們在亞勒蘭大的使節團歡迎宴上見過。」

「是的！能這樣再次相見真是我的榮幸！」

我故意沒有提及前不久在花園中遇見他的事。

但、但是男配角啊，你為何看到我臉就立刻變紅？你該陷入愛河的對象就在你旁邊啊！珍妮特就站在這裡，像一朵嬌豔美麗的花朵呀！

「那時候真的很感謝您！」他突然對我表達謝意，「因為公主殿下收下了花，我非常高興！」

啊，他竟然提起了花的事情！

「花？」

「花？」

伊傑契爾和珍妮特同時問道。

「我又找到了一朵適合公主殿下的花，下次想再送給您！」

你是打算把我花園裡的花摘光嗎？

「謝謝，爵士的心意我心領了。」

「啊，我的心意……！」

呃啊，他那是什麼反應！不要害羞地扭動身體啦！

我注意到伊傑契爾在看他那位朋友奇怪的舉止時，眼神不由自主地黯了一下。

「瑪格麗塔小姐，我們也好久不見了呢。」

我努力忽視卡貝爾．恩斯特，轉向珍妮特。她也收回好奇的目光重新看向我。雖然對眼下情況有些不自在，珍妮特仍不動聲色地朝我說道。

「是啊。沒想到今天能見到公主殿下，我真的很高興。」

「所以妳今天本來沒打算來見我嗎？」

「啊，我不是那個意思……」

對不起，剛才是我開的小玩笑。珍妮特被我的惡作劇嚇到，不安地抿著嘴唇。雖然她的那副模樣非常可愛，但讓她過度驚慌也讓我感到有些愧疚，於是便想不動聲色地轉移話題。但在我開口之前，伊傑契爾已經先一步幫處於困境中的珍妮特解圍了。

「既然您與他相識，那我就不另行介紹了。卡貝爾．恩斯特是我在亞勒蘭大留學時的好友，我們今天本來是來見他的，沒想到不小心讓您看到了這麼隨意的一面，實在太失禮了。」

啊，他是知道我在偷看訓練，才故意這麼說的吧！我略微有些尷尬，但依舊語氣堅定地說道。

「您太客氣了。我只是正好經過訓練場，被兩位精彩的表現吸引，不自覺就停下了腳步。」

「啊，您看到我們訓練的樣子了嗎？」

卡貝爾．恩斯特對我的話反應非常激烈。

「伊傑契爾！我們再來一場！」

「我們不是說好只進行一場對決嗎？」

「既然打成平手，那就算無效！來，開始吧！」

「嗯。」

伊傑契爾原本想輕鬆地笑著拒絕，後來似乎改變了主意，轉而對我說道。

「公主殿下，請允許我們再次比試。」

「去吧。我會和瑪格麗塔小姐一起待在這裡。」

我說完之後，珍妮特露出了一臉驚訝的表情。但此時兩人早已起身，我面帶微笑目送他們前往訓練場。

「珍妮特，來這裡坐吧。」

我將披在肩上的披肩鋪在草地上，開口呼喚珍妮特。她被我的動作嚇了一跳，猶豫地搖了搖頭。

「坐在這上面會弄髒您的衣服的。不如讓我來……」

「沒關係。來吧，快過來這邊坐。」

我堅持讓珍妮特在我的披肩上坐下。她似乎十分不自在，不停地扭動著身體。我側頭看著珍妮特，輕聲問道。

「妳的臉色看起來不太好，發生什麼事了嗎？」

「沒有。」

看起來並不像「沒有」的樣子。

但她的回答過於果斷，我也不好一再追問。通常這麼堅決地否認，往往意味著肯定。

尤其考慮到上次茶會的事，她說暫時離席卻遲遲未歸，回到花園時也只從遠處靜靜看著我和其他女孩們，還有之後克洛德……

「……」

我默默地凝視著珍妮特，腦中回想起之前和克洛德的對話。

「妳想參加即將舉行的狩獵大會？」

克洛德提到的狩獵大會，是亞勒蘭大使節團也會參加的聯誼活動，作為歐貝利亞的公主，我出席一下也很正常。

「是的，但我沒有想親自參與狩獵。」

「就按妳的意願去做吧。」

克洛德立刻答應了，但他之後的話讓我頓時愣住。

「阿塔娜西亞。」

「嗯。」

「妳上次舉辦的茶會中，有位叫『珍妮特』的客人，是嗎？」

當他提到珍妮特這個名字，我的心跳不由得加速起來。

「我之前也說過，不要投入太多感情。」

在說這句話的同時，克洛德臉上只露出一副平靜的表情。他以前好像也說過類似的話，當時我好奇地問他為什麼，他回答「分離是人之常情，所以不要太過沉浸其中」。

初次聽聞，我本能地想到珍妮特是以「瑪格麗塔」這個姓氏暫居於亞勒腓公爵家，但現在我忍不住開始懷疑，克洛德這般勸告是否另有原因。

我凝視著他，輕輕笑了笑。

「嗯，爸爸，您是在吃醋吧？」

只見克洛德的眼神有片刻晃動。

「吃醋？妳以為我會做那種毫無意義的事？」

「哎呀，別擔心。我最喜歡的人還是爸爸，就算有再好的朋友，也比不過爸爸呀！」

「那是理所當然的。」

我一邊看著克洛德不屑一顧地哼了一聲，一邊繼續開玩笑逗他。

嗯，今天的回憶到此結束！

我從珍妮特身上移開視線，看向訓練場。

「啊，公主殿下！」

「什麼！」

「竟然是公主殿下！」

或許是和珍妮特待在一起的緣故，訓練場上的騎士們發現了我的蹤跡，被嚇了好大一跳，隨後立刻按照騎士禮節向我行禮致敬。我對趕來的騎士團長表示無須在意，請大家繼續好好訓練。說完後，我再次坐下。

「列隊！開始刺擊！喝啊！」

「喝啊！」

啊，指令是不是比之前更大了啊？唉，這就是我想偷偷來的原因。我不禁在心裡嘆了口氣，而珍妮特不知道在想些什麼，只見她靜靜地看著我，表情看起來莫名有些沉重。

「其實我剛才遇到了亞勒腓公爵。」

「啊，是嗎？」

「是的，他跟我說亞勒腓公子和珍妮特一起來皇宮了。」

「聽說伊傑契爾的朋友來訪，我也很好奇是怎樣的人，所以就跟著過來了。」

原來是這樣啊。喜歡的人的朋友，的確會讓人感到好奇。在歐貝利亞，伊傑契爾給人一種獨立且難以深交的氣質，所以似乎沒什麼朋友。當然，他跟許多貴族子弟的交情都不錯，只是能稱為朋友的少之又少。

「我也有同感。我原本打算去黑塔一趟，但一聽說珍妮特在這裡，就立刻跑過來了。」

聽我這麼說，原本凝視著訓練場的珍妮特立刻把頭轉了過來。我望著她那雙漂亮的藍色眼睛，補充般開口。

「珍妮特最近都沒有來，讓人稍微有點寂寞呢。」

珍妮特眼中掠過一絲淺淺波動，明顯地展示了她的內心確實不如表面上那般平靜。但不管是什麼，能讓她情緒如此低落的，肯定不是件小事。

「如果今天不是聽說珍妮特在這裡，我可能就不會來了。」

若是其他人，我或許會說「不管發生什麼事，難過的時候請隨時告訴我，若有能幫上忙的地方我願意挺力相助」，但看著眼前的珍妮特，我卻沒能將這句話說出口。即使沒有克洛德的勸告，我也不斷提醒自己，我能為她做的就只有這麼多。

「公主殿下，我真的很喜歡您。」

「我也很喜歡珍妮特。」

我們對彼此「喜歡」，是完全不同的含意。對此我感到非常抱歉，我既無法完全接納她，亦無法完全與她劃清界線。

「公主殿下總能在我最需要的時候，給予我溫暖的安慰，就好像魔法一樣。」

這種心情，就好似幾年前珍妮特為羅札莉雅伯爵夫人逝世而悲傷哭泣時，我所感受到的那樣。

「啊，不可能！」

這時，訓練場傳來了一聲絕望的叫喊。我轉過頭，發現聲音的主人是卡貝爾．恩斯特。看來這場對決是伊傑契爾占了上風，且已經分出勝負。

「看來是伊傑契爾贏了。」

珍妮特的表情終於放鬆了下來。

「是啊。顧著跟妳聊天，都沒有好好觀看他們對決。」

「我也是。」

看著走來的兩人，我們相視而笑。

「你們兩個都很帥。」

「啊，真的嗎？」

「對，真的很帥。」

卡貝爾．恩斯特像一隻無精打采的大型犬般垂頭喪氣，但在我和珍妮特的讚美下又重新振作起來。比起珍妮特有些黯淡藍色眼眸，他碧綠的瞳孔就像是玻璃珠般閃閃發亮。

嗯，這麼看來，卡貝爾．恩斯特也算是相當俊美呢。可能是每天都被俊男美女包圍環繞，我的眼光也變得挑剔了。話又說回來，畢竟他也不會無緣無故就成為男配角吧？

「在學院的時候，至少在戰鬥科目上，我的成績比伊傑契爾還要好！」

「哇啊，在學院的故事真是讓人好奇。」

「如果下次有機會再見，我再與您分享。」

當然，珍妮特完整的意思應該是「伊傑契爾在學院的故事真是太讓人好奇了」，但不管怎說，看著終於開心起來的珍妮特和開朗的卡貝爾．恩斯特，我不禁獨自在一旁點點頭，想著邱比特之箭是否終於要正確發射了。

「伊傑契爾，再來一場對練吧！」

「兩次還不夠嗎？」

「身為男人，至少要來三次！再來一次吧，再來一次！」

男配角的好勝心真的很強呢。咳，咳咳。但他似乎太過急於表現，讓珍妮特只能用有點尷尬的表情看著他，但伊傑契爾似乎早已對他這樣的行為習以為常。

「阿塔娜西亞公主殿下！」

咦，又是誰在叫我？這次聲音是從後面傳來的。我隨著那道活潑的聲音轉過頭去，而後不自覺地縮了縮身子。

「您在這裡啊！」

來者是路卡斯和黑塔中的一位魔法師。呼喚我的不是路卡斯，而是另一位隨著我與黑塔來往而變得親近的魔法師。

「公主殿下一直遲遲不來，我們就出來迎接您了！」

「我們想說您是不是在來黑塔的路上迷路了。」

後面這句話是路卡斯說的。啊，他今天也一如既往，老是說些討人厭的話。儘管帶著一副恭敬的笑臉，說出的話卻相當無禮。

「途中遇到了一些熟人，所以稍微延遲了一下。讓你們久等了，真是抱歉。」

不是，平時不管我早到還是晚到，大家根本都不在意，只知道忙著做自己的事。今天幹嘛特別來迎接我？而且不知為何，總覺得似乎有股奇怪的氛圍在伊傑契爾和路卡斯之間流動，讓人超級在意！

「啊，難道兩位是塔之魔法師？」

卡貝爾的疑問讓氣氛倏然緩和了下來。這種時候男配角的表現真不錯！

「啊，您是從亞勒蘭大來的吧？」

似乎看到了卡貝爾衣服上繡著的亞勒蘭大皇室徽記，一旁的塔之魔法師也跟著問了一句。

「如果方便的話，我可以請求與您對練一場嗎？」

啊，看來他和伊傑契爾比試還沒有滿足，這次居然想要挑戰魔法師？

——叮咚！

〔收到來自卡貝爾．恩斯特（亞勒蘭大第一騎士團所屬騎士）的對練請求。是否接受？〕

塔之魔法師接到了突發任務，但他有些尷尬地拒絕了。

「我目前正在進行魔法研究，無法隨意使用魔力。」

〔已拒絕對練請求。〕

卡貝爾．恩斯特充滿期待的目光轉向了路卡斯。我猜路卡斯應該也會拒絕，即使偽裝成一個認真盡責的魔法師，他臉上的不耐煩早已表露無遺了！

「來吧，魔法師大人！」

「您和訓練場上其他騎士對練應該會更好。」

「從初次聽聞歐貝利亞聞名遐邇的黑塔開始，我就一直很想和塔之魔法師對決一次！聽說歐貝利亞的皇宮對魔力使用有所限制？如果您感到力不從心，只需要偶爾施展一下防禦魔法就好！如果那樣也很困難的話，隨時都可以喊停！我絕對不會讓魔法師大人過於勞累！」

「咳，咳咳……咳咳咳！」

這突如其來的咳嗽，來自路卡斯身旁的魔法師。而我也同樣目瞪口呆地看著卡貝爾。

快、快住手啊！你現在是在挑釁沉睡的獅子！難道無人作為你的對手，就可以去挑釁路卡斯嗎？而且還囂張地擺出一副對方比自己弱的樣子？你是貓嗎？難道你的命也有九條嗎？

「呵呵。」

一陣令人毛骨悚然的寒意倏然降臨，只聽路卡斯發出了低沉的笑聲。

「我、我反對殺人……」

一旁的塔之魔法師似乎也有同感，聲音顫抖地嘀咕道。

「唉，不用擔心。畢竟是練習，怎麼會發生那種可怕的事？我知道魔法師本來體力就比較弱，我會盡量下手輕一點！」

「不是……」

我們現在擔心的是你啊！

「那麼這次是要和魔法師大人比試嗎？」

一旁的珍妮特好奇地問道。伊傑契爾似乎在思考著什麼，輪流打量著路卡斯和卡貝爾。他是在評估誰更有勝算嗎？而卡貝爾仍對即將到來的灰暗未來一無所知，眼睛閃閃發亮，興奮之情溢於言表。只聽路卡斯陰森森地笑著開口。

「雖然身體欠佳，但還是抽點時間給您吧。」

——叮咚！

〔已接受對練請求！〕

我眼前似乎閃過了任務被接受的通知。

啊啊，他原本是個很不錯的男配角啊……

我和塔之魔法師以憐惜的目光看著興奮地跟在路卡斯後面的卡貝爾．恩斯特。

「看來會是一場有趣的練習呢。」

「從某種意義上來說，的確很有趣。」

「公主殿下，您覺得誰會贏？」

菲力斯、伊傑契爾和珍妮特看著逐漸遠去的兩人，依次說道。而那位一直同情地看著卡貝爾．恩斯特的魔法師則是——

「喔，上天啊……」

啊，他居然開始祈禱了！

「請您拯救這可憐的生靈，讓他……嗚呼，盡可能不那麼痛苦……瞬間離開人世吧……」

這、這祈禱內容也太恐怖了吧！難道一定要有人死嗎？但耳邊倏然傳來的巨響，讓我很快也加入了祈禱的行列。

轟隆隆！砰——！

「啊啊啊！」

轟隆隆隆！轟隆隆——！

「救、救命……！嗚嗚，呃啊啊……！」

伴隨著電閃雷鳴，慘叫聲在訓練場中迴盪。

「我、我們是不是應該去阻止一下？」

珍妮特有些不安地轉動眼珠。

訓練場是皇宮內少有的、允許使用魔法的地方之一，而且規定在進行對練時必須設置結界，我們只能看見結界內塵土飛揚的情況。然而，從偶爾傳來的爆炸聲、旋風聲，還有高昂的尖叫聲中，不難猜出在裡面被痛扁的人是卡貝爾・恩斯特。

「但介入神聖的對練是不可能的事。」

「應該沒事，他的韌性很堅強。」

「應該不會被打死的，應該啦……」

菲力斯說不能介入對練我是可以理解，但伊傑契爾你這是？一句他韌性堅強就當無事發生？為什麼能用這般清爽的笑容說出如此冷酷的話！再說了，塔之魔法師那聲不確定的「應該啦」究竟是什麼意思？

轟隆隆隆隆——！

「嗚！」

當然，提出對練請求又不知天高地厚挑釁路卡斯的人，都是卡貝爾・恩斯特自己沒錯！因為不確定是否應該有第三者介入，我和珍妮特只能站在一旁，目瞪口呆地觀望。訓練場上的騎士們也不知何時停止了訓練，呆呆地望著結界附近。

訓練場上的撞擊聲終於消失，空氣瞬間安靜了下來。

「啊，真舒暢。」

揚起的塵土逐漸歸於平靜，只見路卡斯拍著雙手走了過來。什麼？他到底把人打得多慘，才會露出那麼解氣的表情？啊，卡貝爾怎麼樣了？幸好他還活著。雖然整個人被打得體無完膚，像半具屍體一樣躺在地上。

不久後，他顫巍巍地舉起手，向路卡斯豎起了大拇指。

「最、最棒的對練……呃啊。」

隨即他就昏了過去。我們遠遠地看著其他騎士將他團團包圍並帶離現場。

「看起來狀況不太好，他真的沒事嗎？」

「不用擔心，他不會因為這點程度就倒下的。」

「可能是輪流使用治療魔法和攻擊魔法吧。因為這樣可以折磨得更久一些……嗚！」

這次是菲力斯、伊傑契爾和塔之魔法師在對話。伊傑契爾依舊保持著燦爛的笑容，並流露出一種詭異的冷靜，而塔之魔法師則是……啊，難道是某種經驗談？等等，先別哭啊！

「煩人的事情終於告一段落了，我們走吧？」

路卡斯輕快地走了過來，臉上帶著好像什麼事都沒發生過的爽朗笑容。

「魔法師大人……嗯，真是很強呢。」

這句話是珍妮特悄悄對我說的，我能感覺到她對路卡斯的印象已經微妙地改變了。

「那我就先行離開了……」

我無奈地笑了笑。在離開之前與伊傑契爾短暫地對視片刻，但我並未多說什麼，就逕自轉身離去。

「剛才那傢伙還是滿有用的嘛。」

前往黑塔的路上，路卡斯突然開口說道。他看起來渾身舒暢，讓我不由自主地再次對這位英勇的男配角表示哀悼。隨路卡斯一起來的塔之魔法師似乎受到不小的驚嚇，先一步回到黑塔。我讓菲力斯去確認了卡貝爾．恩斯特的狀況，所以此刻身邊只有路卡斯一個人。儘管相信他會適當控制不讓對方受到太重的傷害，但聽到他對某人如此正面的評價還是讓我頗為意外。

「是嗎？比你想的還要強？」

「對我來說小菜一碟，但他死也不肯認輸呢。」

換句話說，就是「本來想適當地教訓一下，但他不肯認輸，所以最後差點把他打到半死」的意思。欸，等等！這是件好事嗎？這樣一來，卡貝爾．恩斯特似乎更可憐了。不過，即使被打得灰頭土臉也絲毫肯不屈服，從某種意義上來說確實很了不起。但聽路卡斯接下來的發言，我決定還是繼續同情卡貝爾。

「那小子真的手感很好。」

你很喜歡這種感覺是嗎！那眼神簡直像看到獵物一樣！啊，快逃吧，男配角！

原本還擔心上次在房間發生的事會讓我和路卡斯的相處變得很尷尬，但見我們的對話如往常一樣自在，我便放心地朝著黑塔邁開腳步。

❖ ❖ ❖

「公主殿下，您不覺得熱嗎？」

「今天是有點悶熱呢？」

「想到您可能會覺得熱，我帶了涼爽的檸檬水來。」

「喔，瑟絲。謝謝妳。」

聽到我的讚美，瑟絲開心地笑了笑。雖然用魔法一下子就能解決，但自從我能自由使用魔力後，侍女姐姐們就常常因為能幫我做的事情減少而感到有些難過。

「這是應該的。畢竟我是公主殿下的侍女嘛。」

「您說得是。」

聽到瑟絲自豪的發言，一旁的菲力斯也佩服地點了點頭。

今天的狩獵大會只有我、菲力斯和瑟絲同行。莉莉本來也想一起來，但她從昨晚開始好像就不太舒服，我便讓她留在宮裡休息，順便把漢娜也一併留下來照顧莉莉。

「我還以為今天會很熱鬧，沒想到卻意外清靜呢。」

「來自亞勒蘭大的使節團全都是男性，大多數都進到森林裡了。」

當然，也有沒去狩獵而留在這裡的人，但那畢竟是少數。考慮到只有一半的歐貝利亞貴族前去參與狩獵，看起來亞勒蘭大人似乎更享受這種活動。

「公主殿下，恩斯特爵士正在朝您走過來。」

咦？不是已經打過招呼了嗎？他又有什麼事？我以為他已經和其他人一起進入森林了。

「阿塔娜西亞公主殿下。」

「恩斯特爵士。」

「恕在下失禮了，但能否請您給我一條手帕呢？」

「手帕？」

我疑惑地看著對方。卡貝爾臉上微紅，似乎不敢直視我的眼睛。真奇怪，只是借一條手帕，幹嘛那麼害羞？再說了，周圍明明還有其他人，為什麼偏偏要來找我借手帕？難道除了我，他沒有其他認識的人嗎？不應該啊，外面還有伊傑契爾呢？

「菲力斯，你有手帕嗎？」

本來想問問瑟絲，但她正好出去看外面的情況，我只好轉而詢問菲力斯。

「啊？」

「您是問我的手帕嗎？」

我甫一開口，兩位男士立刻像在比賽般齊聲大喊，讓我不禁嚇了一大跳。不、不是啊，我說錯什麼了嗎？為什麼他們會是這種反應？只見菲力斯輕咳一聲，像在平復心情般對我悄聲說道。

「公主殿下，他來找您可能不是真的需要手帕。」

「那是因為什麼？」

「可能是為了勝利而祈願吧。」

啊。聽到這句話，我突然想起了一件事。在亞勒蘭大，人們在狩獵大會或是比武大會時，會從心儀的女士那裡接過手帕，並將它綁在手腕或武器上。但那是很久以前的習俗了，年輕一代認為這種做法已經過時，幾乎不再這麼做了才對呀？

「啊，不好意思。歐貝利亞沒有這樣的習俗，我無意中失禮了。」

「沒關係。在亞勒蘭大，這也不是什麼普遍的事。」

沒有從菲力斯那裡接過手帕，卡貝爾看起來如釋重負。我終於明白他們剛才為什麼會那麼驚慌了。咳咳，看來我差點成為撮合他們兩人的愛神了。話說，瑟絲帶來的行李中應該有我的手帕……

——還有不要隨便給別人東西，處理起來很麻煩。

不知為何，我突然想起了路卡斯說過的話。經過一番掙扎，我帶著歉意對他說道。

「不好意思，但我現在手上沒有手帕。」

「啊，原來如此……」

卡貝爾．恩斯特立刻露出失落的表情。但很快地，他又在我的鼓勵下重新振作起來。

「聽說恩斯特爵士平時也很喜歡狩獵，期待您今天的出色表現。」

「是的，請好好期待吧！」

我目送著他滿懷希望地離去，心想他真是個笨蛋啊。一想到他不久前才被路卡斯暴打一頓，現在還能如此活躍，真是太厲害了。就在這時，瑟絲回來了。我想去其他人那裡看看，於是站起身準備離開。

❖
❖
❖

「公主殿下，請過來這邊！」

今天參加狩獵大會的貴族們，無論是家主還是年輕一輩，都各自聚在一起談笑風生。我走向那些名媛和年輕貴族的聚集地。讓我看看，伊傑契爾和珍妮特不在，看起來亞勒腓公爵也不在，他們可能因為某些事情暫時離開。一見我靠近，名媛貴族們立刻熱情地迎接我。畢竟先前已經打過招呼，沒必要再浪費時間寒暄。

「遠處就能聽到大家的笑聲，是發生了什麼有趣的事情嗎？」

「公主殿下，您有沒有親眼見過黑塔魔法師？」

啊，原來是關於黑塔魔法師的話題。

「是的，我見過。」

「啊，真的像傳聞中那樣是位美男子嗎？」

這讓我有些難以回答。

「傳聞中他是個有著碧色頭髮和黑色眼睛的美男子，是嗎？」

「確實是名有著碧色頭髮和黑色眼睛的年輕男性。」

「我們剛剛在討論，黑塔魔法師再次出現的傳聞是否是真的。」

哎呀，這下更加棘手了。我怎麼可能直接說「確實有自稱黑塔魔法師的人出現，但他很可能是假的，呵呵」呢？無論內心作何感想，我還是保持微笑開口說道。

「我只見過他一次，畢竟他是個不太常外出的人。」

「是啊，這次也是時隔好幾年才再次露面。聽說幾天前他還把皇宮的黑塔整修得煥然一新？」

唉，看來傳聞已經四處流傳了。

我想起幾天前，自稱為卡拉克斯的黑塔魔法師到訪黑塔時，宮廷魔法師們幾乎集體瘋狂。他們因終於實現了長久以來的願望而激動落淚。畢竟，他們延宕已久的黑塔修繕工作之所以重新啟動，不都是渴望迎接黑塔魔法師的熱切企盼嗎？

「我現在已經死而無憾了。嗚嗚嗚！」

「黑塔魔法師居然親臨黑塔！啊，沒想到有生之年能見證這種激動人心的時刻！」

「我們是不是應該把今天定為黑塔的紀念日呢？」

「啊，這難道是黑塔魔法師的腳印！要永久保存！」

「這是不是黑塔魔法師的頭髮！可以成為我們黑塔的鎮塔之寶！」

而且他還因為黑塔的外觀看起來太過破舊，於是用魔法一下就修好了。聽到這個消息，克洛德也忍不住說道。

「果然人不可貌相，假貨也有堪用之處。」

他似乎對假冒的黑塔魔法師能使用如此強大的魔法感到有些意外。而路卡斯後來聽到自己不在時發生的事，顯得相當無言。

「瘋了吧，居然敢直接闖進我的地盤。」

「真的是黑塔魔法師嗎！無與倫比的強大魔法師，擁有幾乎永恆生命的俊美男子，真是太帥了！」

「我還是比較喜歡路卡斯大人……」

另一位名媛的話讓海雷娜・伊萊恩紅著臉小聲說道。哭哭，這就是百合少女不變的真心！

「啊！」

「怎麼了？」

「剛才帽子上好像有什麼……」

就在那時，有個東西從草地上蹦了出來。

「是鼯鼠嗎？」

「應該是松鼠吧？」

「好可愛。因為離森林很近，所以連帳篷裡也能看到小動物呢。」

「哇，摸牠也不會攻擊耶！」

「我也想摸摸看。」

名媛們似乎對黑塔魔法師的話題不再感興趣，轉而將注意力集中在了野生的松鼠上。

「公主殿下您要不要也摸摸看？毛茸茸的很舒服喔。」

但就像上次郊遊會時出現的兔子一樣，我並沒有走近。

「我對動物沒什麼太大的興趣。」

「啊？但公主殿下以前不是也養過寵物……」

之前在茶會上見過小黑的一位名媛似乎突然想起了什麼，立刻閉上嘴巴。

「是的，的確如此。」我對她輕輕一笑，「現在我養了一隻青鳥。」

「原來如此。」

沙沙沙。

「啊，亞勒腓公子！」

「瑪格麗塔小姐也來了。」

一陣動靜從背後傳來，我轉頭一看，正好與剛走進帳篷的伊傑契爾對視。只見他隨即向我開口說道。

「原來公主殿下也在這裡。」

我將視線轉向他身旁的珍妮特。她肩上搭著一件男性外衣，而伊傑契爾則與剛才見到時不同，只穿著襯衫和背心。見到這一幕的名媛們忍不住發出驚嘆，彼此耳語著。

「外面下雨了嗎？」

注意到他們頭髮和衣服上帶著潮濕的氣息，我開口問道。

「是的，來的路上下起了小雨。」
「有點擔心在森林裡的人呢。」
「只是小雨，應該沒事。」
名媛們輪流看著伊傑契爾和珍妮特，然後向珍妮特問道。
「瑪格麗塔小姐找到妳要找的東西了嗎？」
「是的，幸好在馬車裡找到了。」
「直接叫僕人去找不就好了。」
「嗯，但我想自己找。」
聽著她們的對話，看來兩人可能是去找珍妮特遺失的物品了。那位名媛從以前就一直仰慕伊傑契爾，語氣難免有些生硬。
「我理解。貴重物品交給僕人確實讓人擔心。」
「我不是因為不信任僕人才這麼做的。」
其他名媛試圖為珍妮特辯護，但珍妮特的回答反而讓氣氛變得更加尷尬。啊，現在的氣氛似乎因兩人之間的小誤會而有些不愉快。
「瑪格麗塔小姐，能順利找到遺失的物品真是太好了。」
看來我需要轉換一下這僵硬的氛圍。
「看您有點淋濕了，過來這裡擦一下吧。瑟絲，幫瑪格麗塔小姐拿條毛巾。」

「好的，公主殿下。」

「時間已經這麼晚了，我們來享用一些簡單的茶點吧。」

我一說完，其他名媛立刻眼睛一亮，紛紛邀請伊傑契爾坐下。

「亞勒腓公子也過來這邊吧。現在去森林已經太晚了，外面還下著雨呢。」

「對啊！剛好只有女士們在這裡，正感覺有點寂寞呢。」

「我們也在這裡……」

哎呀！

那一刻，名媛們似乎突然意識到自己忘記了什麼，不由得肩膀一震。噢，我也忘了，還有其他年輕貴族在場呢！他們的存在感實在是太薄弱了。

那些被忽視的年輕貴族今天看起來格外可憐。伊傑契爾本打算一起參加狩獵，卻因珍妮特而錯過了最佳時機。畢竟現在過去的話，好的獵物大概早已被人捕獲，況且現在外面還下著雨。最終伊傑契爾似乎決定留在帳篷內，從座位上站了起來。而後，他偶然注意到了珍妮特肩上搭著的、自己的外衣。

「珍妮特，把衣服交給僕人吧。」

「我自己拿著就好。」

珍妮特的話又讓名媛們的眼神瞬間複雜了起來。我注意到她的手輕輕握住了搭在肩上的衣服一角。珍妮特微微低下頭，接著說道。

「感覺有點冷了。」

「因為淋了雨，可能蓋條毛毯比較好。」

「沒有那麼嚴重，我沒事的。」

嗯，怎麼說呢？兩人之間的氣氛真是溫馨，彷彿在這裡的其他人都成了背景一樣。如果把裡這當成舞臺，那我們就像路邊的一棵樹或路過的行人。而且不只是我有這種感覺，其他名媛們也都在議論紛紛。

「亞勒腓公子和瑪格麗塔小姐從以前關係就很好呢。」

「畢竟是親戚，嫉妒也沒用。」

「啊，但還是好羨慕。要是有人也能那麼溫柔地對我就好了。」

經過一番波折，兩人終於坐下。唉，主角們就算淋了雨也會散發光彩。如果是我或其他人被雨淋濕，大概只會像被水泡過的海藻一樣吧。啊，不對，可能更像被海藻附著的石頭。

「對了，聽說公主殿下養了一隻青鳥？」

這時，其中一位名媛像突然想到什麼似的，接續了伊傑契爾和珍妮特剛進帳篷時的對話，提出了這個讓我有點尷尬的問題。只見兩人的目光瞬間移向我。我努力忍住不轉過頭，開口回答。

「是的，沒錯。」

「聽說青鳥很難養，是真的嗎？」

「嗯，我倒沒覺得有什麼特別麻煩的。啊，也許是小藍特別乖，所以不怎麼需要我操心。」

「喔，名字叫小藍啊。」

啊，我一不小心把小藍的名字說出來了！

「真是個可愛的名字。」

「聽名字就能想像那清澈的藍色羽毛呢。」

「真是個絕妙的名字，不愧是公主殿下。」

抓住機會的名媛和年輕貴族紛紛開始奉承。拜託別這樣，我對自己的取名能力還是非常了解的，啊哈哈。

「公主殿下取的這個名字真是太適合了。」

不是，怎麼連伊傑契爾都跟在後面補了一句？他像往常一樣微笑著，但我卻捕捉到了他促狹的眼神。

那是他在戲弄我時才會露出的表情！他明明是在享受我尷尬的樣子！而且剛才那是什麼意思？那微妙的語氣，一副他很熟悉我們家小藍似的。當然，小藍畢竟是伊傑契爾送我的禮物，他知道也是理所當然。但他明知道我不想讓其他人知道這件事，幹嘛還用那種暗示的語氣說話啊？果不其然，一位名媛立刻抓住破綻。

「亞勒腓公子也見過公主殿下的青鳥嗎？」

我和伊傑契爾再次對視，試圖用眼神暗示他注意一點，但伊傑契爾給出的答案卻與我的期望全然相反。

「之前偶然有幸見過一次。」

「天啊。」

啊，真是的！我養的鳥你怎麼可能見過啊，沒看到名媛們都在努力運轉腦袋想像嗎！

「那時候牠還有咬人的習慣，現在應該沒有了吧？」

我對滿面笑容的伊傑契爾露出不悅的表情，開口回答。

「我們小藍只會啄不喜歡的人。」

「看來我當時沒有被喜歡啊。」

「就是那樣。」

啊，最後一句說得太重了嗎？但因為你的關係，我現在根本開心不起來，不小心就……可惡。這時，一陣輕微的笑聲傳了過來，轉頭一看，伊傑契爾正看著我露出笑容。他過分溫柔的明亮目光，讓我一時有些語塞。而其他名媛也呆呆地看著笑容燦爛的伊傑契爾。

「我也見過。」

倏然間，一道細微的聲音在不遠處響起。我轉頭朝聲音來源望去，因為這句話短暫陷入沉默的珍妮特進入了我的視線。但她很快就恢復鎮定，繼續說道。

「我也見過公主殿下養的鳥。」

「真的嗎？」

「是的，是一隻非常漂亮的青鳥。牠的翅膀尾端是更深的寶藍色……」

珍妮特的話使現場眾人的目光皆轉向她。

啊，她是看我有點尷尬，所以想幫忙轉移話題嗎？但我從來沒有向珍妮特展示過小藍，她怎麼會知道得這麼詳細？可能是小藍在作為禮物之前，她已經在亞勒腓公爵宅邸見過了吧。畢竟不可能像快遞一樣直接將小藍從鳥園送到皇宮，所以在送往皇宮前，小藍應該是暫時留在了亞勒腓公爵家。

「這麼漂亮的鳥真讓人好奇呢。公主殿下，之後也請讓我們欣賞吧。」

「好的，下次吧。」

我笑著回答。

「我們亞勒蘭大主要是養鷹的……」

隨著細雨聲漸次滴落，談話也繼續進行。珍妮特仍然把伊傑契爾的外衣披在肩上，而我刻意迴避著目光，不往他們的方向看去。

❖❖❖

當陣雨稍歇，我起身離開了帳篷。直到現在，我一直都待在年輕人聚集的地方，這次我打算去其他帳篷看看。在那裡聚集的是年紀稍長的貴族，不知道小白叔叔是否也在其中？

我走進帳篷，但他們似乎沒注意到我。不知為何，此時他們都非常專注於談話。可能是在討論政務？喔，各個國家的貴族家主果然就是不一樣啊。

「您這話怎麼能這麼說呢？」

「我說錯了什麼嗎？」

哎？氣氛似乎不太對？難道是在吵架嗎？我偷偷移動視線，那個之前被我叮囑要隨時報告情況的侍者只是以微妙的表情守在那裡。隨後傳入耳中的對話，讓我瞬間明白了這究竟是怎麼回事。

「我們戴斯殿下當然是最佳的新郎候選。」

「在亞勒蘭大可能是，但在歐貝利亞就不一定了。」

「如果公主殿下見過戴斯殿下，就不會這麼說了。」

「我們阿塔娜西亞公主殿下可不是那麼容易動搖的人。期望越大，失望也越大，那種荒唐的計畫還是趁早放棄吧。」

哇，他們現在是在為我的終生大事吵架嗎？塞洛伊德公爵和小白叔叔之間似乎火花四射，聽著他們的對話我只感覺越來越無言。

「我們公主殿下絕不會遠嫁到亞勒蘭大。阿塔娜西亞公主殿下將會在歐貝利亞找到一位好夫君，到時候再邀請您前來慶祝吧。」

「你怎麼敢如此肯定？男女之間的事誰能說得準……」

我決定悄悄退出這場爭論。

「畢竟陛下和公主殿下對於婚姻都持保留態度，現在你們這麼爭論……」

就在我準備離開帳篷之際，聽到了另一個人對塞洛伊德公爵和小白叔叔冷言冷語地駁斥。我無視這些話，逕自離開了帳篷。

「真是的，未免也太一廂情願了吧。」

「如果陛下知道了，一定會很生氣的。」

「咦，你會告訴他嗎？」

「該怎麼辦呢？」

菲力斯似乎覺得剛才的場面十分有趣，忍不住笑了起來。看著他的反應，我忍不住開口抱怨。

「菲力斯，你這是在看好戲……啊！」

說時遲那時快，我的一隻腳突然陷進了草叢之中，鞋子順勢被脫了下來。下一刻，只見我站在濕滑的地面上，一隻腳上只剩下襪子。

「呃啊。」

「看來是雨水讓土壤變軟，鞋子才會陷進去。」

正如菲力斯所說，我的一隻鞋子陷在了泥濘的地面中。因為今天要在外面待很久，我特意穿了方便活動的輕便衣服，鞋子也選了低跟的。瑟絲好像有準備替換的衣物，或許有鞋子也說不定？現在正下著雨，大家都進到帳篷裡了，看來我也得過去那裡。

「我來幫您穿上。」

「不用了，我自己來……」

「您沒事吧？」

在我耳邊響起的，並不是菲力斯的聲音。啊，你怎麼會在這裡？

「亞勒腓公子……現在正下著雨，您出來有什麼事嗎？」

「因為公主殿下久久未歸，我想出來透透氣……」

他的視線隨即落到了我的腳上。場面頓時有點尷尬，我不由自主地把沾滿泥土的腳藏到身後。

「沒什麼大不了的。」

「如果公主殿下不介意，我可以幫忙。」

見伊傑契爾朝我走近，我急忙開口拒絕。

「不用了，菲力斯會幫忙的。」

「公主殿下，我拿著傘，可能不太方便行動。」

「什麼……」

「亞勒腓公子來得正好呢，不是嗎？」

這是什麼意思？你剛剛才不是這樣說的！菲力斯一臉無辜地笑著。這、這個人到底想怎樣？

「恕臣失禮了。」

在我進退兩難之際，伊傑契爾彎腰撿起了我的鞋子。由於地面泥濘，鞋子很容易就被拔了出來。

「公主殿下還是先穿上鞋子再進去帳篷比較好。」

「我本來就有這個打算。」

我扶著菲力斯的手臂，顫顫巍巍地單腳站立著。

伊傑契爾走到我面前，單膝跪下。

「等一下，會弄髒的。」

「沒關係。」

我本來希望他放下鞋子就好，但伊傑契爾卻親自彎腰幫我穿上。雖然我們站在菲力斯撐著的傘下，但伊傑契爾的頭髮已經被雨水微微浸濕。我默默看著他，腦海中快速閃過上次伊傑契爾和珍妮特一同外出時的情景。是啊……我大概能理解珍妮特的心情了。

就在這時，我聽見了他輕聲的呢喃。

「公主殿下的鞋居然這麼小巧精緻。」

伊傑契爾低沉的嗓音和雨聲混雜在一起。啊，這個氛圍是怎麼回事？感覺有點熱又有點害羞……我將伸出的腳緩緩收回，對他說道。

「又不是第一次看到女鞋，有什麼好驚訝的？」

咖啡館窗外的景象再次一閃而過，反駁的話語不經意地脫口而出，但我隨即又感覺自己好像說了些多餘的話。伊傑契爾仍低著頭蹲在我面前，片刻過後，他抬起頭與我對視。

「我當然不是第一次見到。」

沉默片刻，他慢慢站起身，向我伸出手。

「我來送您進去吧。地面有些濕滑，您一個人可能不太方便。」

我低頭看著他伸出的手，最終還是緩緩將手放了上去。

「謝謝。」

隨後，我們走進了最近的一座空帳篷。菲力斯去找瑟絲，只留下了我和伊傑契爾獨處。

「亞勒腓公子。」

我看著站在入口處的他的側臉，輕聲開口。自從幾年前在亞勒腓公爵宅邸見過那一次之後，我們就一直保持著距離，但總覺得不能再這樣下去了。

「我並不討厭您。」

這句話讓伊傑契爾將目光轉向我。

「但是……」

「我不想聽。」

他平靜的聲音打斷了我未說完的話。我看著他沾染著些微雨水的臉龐，沉默不語。

他的嘴角，此時正掛著的淺淺微笑。

「我知道這種想法對您來說是一種僭越，既無禮又野蠻。」

滴答滴答。

細微的雨聲音在耳邊敲響。

「但有時候，我真希望公主殿下能一直待在鳥籠之中。」

就像三年前的那一天，面對這樣的伊傑契爾對我來說並不容易。

「那樣的話，或許您會稍微關注我一些。」

濕悶的空氣夾雜著他微涼的聲音。眼前的伊傑契爾，並沒有像之前在花海中相遇時那般激動，只不過輕淺的低語中仍隱約氤氳著難以隱藏的情緒。我默默望著他被雨天朦朧的光線映照的臉龐，猶豫片刻，果斷移開了視線。

「剛才謝謝您的幫助。希望您不要將這件事告訴其他人，我會很尷尬的。」

「如果這是您的願望。」

「還有……」我稍稍停頓，繼續說道：「您也淋濕了，請記得擦乾身體，小心不要感冒。亞勒腓公子也回去好好休息吧。」

我能感覺到伊傑契爾的目光落在我的臉上，但我沒有轉頭看他。不久，一道低沉的聲音在我耳邊響起。

「我會的。」

滴答、滴答、滴答、滴答。

片刻之後，只剩雨滴在寂靜中孤獨奏響。

❖
❖
❖

我脫下沾滿泥巴的鞋子，換上瑟絲帶來的新的及膝襪。她給我替換的鞋子比我原先穿的鞋跟稍高，但還算可以接受。早知道會這樣，一開始就應該穿靴子來的，但侍女姐姐們堅決反對……

我短暫將視線停留在伊傑契爾剛才站的地方。然後那一刻我突然意識到——啊，對了，我可以使用魔法啊！一個手勢就能清除泥巴，甚至拿回鞋子。那樣的話，剛才就無需伊傑契爾的幫助了。

我發出一聲輕嘆，從座位上站了起來。去了趟名媛和年輕貴族們聚集的地方，並以身體不適為由回到了我的私人帳篷。我回到那裡時，伊傑契爾和珍妮特又離席了。據說是珍妮特身體有些不適，所以他們便一起離開。

滴答、滴答、滴答、滴答。

打在帳篷上的雨聲變得更加響亮。因為我說想獨自靜靜，其他人便先行退下。在極為寬敞帳篷內，劃分出了幾個空間，他們就站在不遠處待命。我坐在鋪著許多靠墊的長椅上，低頭看著腳邊的鞋子。伊傑契爾剛才幫我穿上的鞋子依然沾著泥巴。

「在地板上找錢呢？低著頭幹嘛？」

過了一會兒，我突然感覺背後多了一份重量，輕輕拋向我的一句話穿過雨聲，在耳邊響起。能這麼突然出現在我私人空間的，除了路卡斯之外再無其他。

「難道不是錢，是大便？妳的鞋子怎麼這麼髒？」

「你能不能從我眼前消失？我今天想要沉浸在感傷之中。」

「因為踩到大便，所以心情不好？」

啊，真是的！正醞釀好氣氛呢，你一來全都冷卻下來了！

「是你提起大便，才讓我心情變差的！」

「我來之前，妳心情就已經跌到谷底了，又發生什麼了？」

你、你都看到了嗎？我有點尷尬，但路卡斯出現後，隱約沉寂的心情確實有所好轉。

我抬起頭，看著光線透過縫隙照進了昏暗的帳篷。

吱嘎。我更自然地靠在背後的溫暖上。

「對某人感到有點抱歉。」

「為什麼？」

我想起了剛才阻止我，一臉痛苦的那個人。

——亞勒腓公子，我並不討厭您，但是……

——我不想聽。

或許我是有點喜歡伊傑契爾的。不，說不確定我其實一直都在欺騙自己。三年前，在那片雪白的花海中，如果不是路卡斯中途插手，我可能真的無法拒絕那樣溫柔、那樣深情的他。那時候，我確實被他吸引了。

「我之前說了謊。」

但我並沒有真的想和伊傑契爾發展出更親暱的關係。書中的男主角、珍妮特喜歡的人、與亞勒腓公爵的關係，考慮到眾多因素，我作出了相當自私的決定。

「什麼謊？」

「就是，或許我們能變得更加親近，但我卻當他並不存在。」

啊，這樣下去不行。如果繼續這樣，讓我後悔的事情絕對會發生。在一切無法挽回之前趁早放手吧。在感情變得更加深刻之前，我對伊傑契爾說了謊，和我的初戀徹底告別。

「是嗎？那現在不是謊言了。」

我知道伊傑契爾是真心喜歡我的，所以三年前那次見面之後，他也是真心希望能將我完全從他的生活中徹底抹去。儘管此時此刻，我依舊沒能將他徹底遺忘。

「嗯，但我還是覺得很抱歉。」

可惜這份感情已與三年之前再不相同。就像鞋子上的泥巴，那些還沒完全乾涸脫落的舊情殘影，仍舊自顧自地模糊閃耀著。

「有什麼好抱歉的？感情從來不是可以被束縛的東西，沉浸在自我感動中的傢伙才可笑。」

從背後隨意拋來的這句話，讓我突然感到有些奇怪，忍不住開口問道。

「你是知道什麼才這樣說的？」

「我知道那傢伙胸無大志。」路卡斯嗤之以鼻，隨口說道：「我可沒有把妳關在籠子裡之類的念頭。」

呃啊！

「你偷聽我們說話？」

我把路卡斯從背後推開，迅速轉頭看向他。而路卡斯也保持坐姿轉過頭來看我。他紅色的眼睛微微彎起，眼裡帶著一絲傲慢的笑意。下一刻，他吐露的話語讓我再次驚訝地張大嘴巴。

「反正整個世界都在我的掌心之中，何必去思考那些小氣的念頭？」

對啦，這個混蛋。你的格局真大喔。

「而且誰准他隨便說出想把妳關進籠子裡這種胡言亂語？」

「啊，太尷尬了，別說了。」

「妳是我的。」

平靜的聲音劃破濕悶的空氣。那一刻，我的心臟微微感到一絲異動。還來不及對此產生疑問，我就被眼前的人吸引了目光。我突然意識到，氣氛是不是變得有點奇怪？

「從第一次見到妳開始，從頭到腳——」

滴答、滴答。

在雨滴落下的聲音中，低沉的呢喃滲透而出。

「妳就是屬於我的。」

他慵懶地用手指纏繞著我的髮絲。我屏息凝視著路卡斯將手指穿過一捧淺淺流金，輕輕吻下。

「所以我不會把妳讓給任何人。」

目光在空中相遇，我的心臟倏然一沉。在路卡斯的臉逐漸欺近之時，我不自覺地伸出了手。

啪噠！

「呃。」

清脆聲響傳出的剎那，我被自己的行為嚇了一跳。我、我的手怎麼會在那裡？我是打了路卡斯的額頭嗎？還不是他的臉靠太近了，我才會想推開他！

「妳剛剛打了我？」

這、這是——！我右手中沉睡的黑炎龍好像很久沒有覺醒過了！

「是、是你……」

「我怎麼了？」

方才的氣氛有點怪異，讓我根本不知道該說些什麼。看著此刻又恢復的平靜氛圍，讓我忍不住懷疑方才的一切都只是我自己的幻想。

「是你胡說八道才會這樣的！」

「我說了什麼？」

「我為什麼是你的？我是我的！」

「妳是妳的，但也是我的……」

「我不聽！你幹嘛突然出現又一直胡言亂語？快點出去！我要叫菲力斯和瑟絲過來了！」

我們之間似乎無法維持過於嚴肅的氣氛。我拿起靠墊朝路卡斯一陣亂揮，而他一邊靈巧閃避，一邊惱人地笑著，隨後便從我眼前倏然消失。

「哎呀，公主殿下？」

「啊，靠墊裡的天鵝羽毛！」

看來路卡斯應該是施展了隔音魔法。菲力斯和瑟絲看到周圍飛舞的羽毛和我一個人氣喘吁吁的模樣，不禁露出驚訝的表情。

「我、我剛才運動了一下。」

「今天這種日子怎麼還要運動呢？天呀，看您滿頭大汗，我去拿些涼水過來！」

「公主殿下，我來幫您搧風吧。」

我整個人精疲力盡，只希望這場狩獵大會快點結束。

❖❖❖

大約一小時後，參與狩獵的人們全身濕透地回來了。

「突然下起雨了。」

「哈哈，但我打到的獵物沒有濕。看看這個，黑色的毛髮真是閃閃發光。」

我看著從雨中歸返的人們，抬起手揮了揮。

嘩啦——

「欸？」

「身體突然變乾爽了！」

「這是怎麼回事！」

「啊，是公主殿下！」

唉，我早就該這麼做了。我偶爾會忘記自己可以使用魔法這件事呢。

「謝謝您，公主殿下！」

「舉手之勞，您太客氣了。」

我滿意地看著周圍變回乾爽的人們。啊，但那是什麼？那邊怎麼還有個濕漉漉的人！

「公、公主殿下……」

得益於我的魔法，讓唯獨還淋得渾身濕透的卡貝爾．恩斯特格外顯眼。當然，因為他站在角落，大家理所當然沒有注意到他。

「喔……」

「等、等一下！」

啊，他那種反應，難道是誤會了嗎！以為我故意不對他使用魔法？我立刻跳了起來，追趕著匆忙離開的卡貝爾。

「恩斯特爵士。」

「抱、抱歉，公主殿下。我不知道您這麼討厭我……」

「不是那樣的……」

我趕緊向看起來準備鑽進土裡的卡貝爾解釋，為何我的魔法對他沒有任何作用。

「您身上攜帶著魔法物品嗎？」

「嗯？魔法物品？」

「嗯，就是現在身上帶著的東西，比如說裝飾用的小物品之類的……」

「那種東西太麻煩了，我不會帶的。」

嗯，轉彎抹角的解釋他根本聽不懂，那就只能直說了。

「比如說劍的裝飾之類的。」

「啊，以前妹妹送我的東西我一直帶著。」

卡貝爾・恩斯特將手伸向腰間的劍。

「咦，這個怎麼搖晃成這樣？」

劍上的裝飾鍊條已經微微斷開，被卡貝爾一碰就像是等待已久似地掉了下來。我從大驚小怪的他那接過那件工藝品仔細觀察，確實是我之前見過的物品。

「這是能讓魔法無效化的魔法道具。」

「啊，那剛才也是因為這個？」

「正是如此。」

「太好了！」

卡貝爾．恩斯特終於解開誤會，不再以為我是故意讓他保持濕透的模樣。在把工藝品還他之前，我再次對他施展了乾燥魔法。

「她說帶在身上會帶來好運，原來是這個意思。」

「您的妹妹為哥哥挑了件很棒的禮物呢。」

「我妹確實很喜歡我。」

「是嗎？」

嗯，之前沒注意到，但看那滿足又自豪的表情，他似乎是個妹控。咦？現在看來，這工藝品應該不只是破損那麼簡單，似乎是強大的魔力導致接縫部分被破壞？難、難道……是上次在訓練場被路卡斯連續施展魔法攻擊的緣故？

「您來到歐貝利亞之後，有沒有把這個裝飾從劍上取下來過？」

「沒有，因為妹妹非常擔心我，還特別叮囑過。雖然有點麻煩，但我也沒辦法……」

哇，看來就是了。所以說路卡斯真的是罪魁禍首囉？出於一股衝動，我嘗試著將魔力注入工藝品，但鬆動的接縫並沒有被修復。唉，算了。

「斷裂的似乎不是鍊條，而是工藝品的接縫部分，所以無法用魔法修補。」

「沒關係，我用手這樣按住，回去再修理就可以了。」

登愣！卡貝爾．恩斯特擁有天生的怪力，竟能徒手將鬆動的部分重新壓緊！

「對了，我剛才抓到了一隻美麗的孔雀。牠五彩斑斕的羽毛正好與公主殿下的眼睛非常相似。我想要送給公主殿下，您願意接受嗎？」

「啊，謝謝您。」

啊，我一不小心就答應了。聽到我願意接受孔雀，卡貝爾高高興興地離開，而我也帶著疲倦的心情邁開腳步。現在只要對捕到的獵物進行排名，狩獵大會也就結束了。啊，太好了。我想快點回到我的房間，盡快和我的床融為一體，嗚嗚。

「瑪格麗塔小姐，請接受我捕獲的白鹿！」

喔？某處傳來了一道熟悉的聲音，轉頭一看，只見卡貝爾跑到珍妮特身邊，眼睛閃閃發亮，熱情地呼喊著。

「白鹿那濕潤的眼眸和淡淡的憂鬱氣息，就好像瑪格麗塔小姐一樣！喔，我還想是在哪裡見過這樣美麗的……」

啊，他抓到的動物不是只有給我。看來跟手帕是不同的意思，太好了。但考慮到這位小說中對珍妮特一見鍾情並展開熱烈追求的男配角沒有其它特別的行動，我一時又有些困惑。難道他內心不是那麼想的？

「如果您不介意的話……」

「哇，謝謝您！我的鹿也會很高興的！」

珍妮特看起來也有點迷茫，但還是笑著回答。雖然有點冒失，但她似乎覺得卡貝爾．恩斯特是個有趣的人。話說回來，聽說她身體不舒服，看來現在已經好多了。我也應該準備結束這場狩獵大會了。

「嗯？我踩到了什麼，這是什麼？」

「看起來像胸針或吊墜，是有人掉了嗎？問問侍女們吧。」

身後傳來其他貴族們疑惑的聲音，但聲音太小了我沒有聽得非常清楚。

終於要回家了！

我興奮地哼著歌向帳篷走去。

Chapter XVS 珍妮特和黑塔魔法師們

「那我就去一趟，很快就回來，請稍等一下。」

「慢慢來，不用急。」

就在阿塔娜西亞公主與魔法師們離開不久，珍妮特和伊傑契爾也離開了訓練場。然而，因為擔心被騎士們扶走的卡貝爾，珍妮特請伊傑契爾去看看他的情況。伊傑契爾自己似乎也很關心朋友，因此欣然同意，於是珍妮特便獨自留在了花園中。

「啊，這些花與公主殿下花園裡的很相似呢。」

潔白柔嫩的手指落在了嬌豔的鮮紅花瓣上。自從上次茶會在皇宮花園遇見克洛德之後，珍妮特的心情就一直很沉重，彷彿被烏雲遮蔽，透不進一絲陽光。她不想這樣，但她總會不自覺想起站在克洛德身邊、端莊優雅的阿塔娜西亞公主殿下。當她回過神來，不知不覺已將自己與公主殿下互相比較。越是這樣，她就越感覺到自己的渺小，並不知所措地沉浸在無盡的憂鬱中。

這也是她極力避免與阿塔娜西亞公主殿下見面的原因。珍妮特認為，自己無法帶著這樣羞愧的心情，坦然地與她見面。但她對伊傑契爾作為亞勒蘭大使節團成員訪問歐貝利亞的朋友感到好奇。可能是因為，這是伊傑契爾第一次提到自己的朋友。因此，珍妮特與他一起前來皇宮。但令人萬分驚訝的，當她一見到阿塔娜西亞公主殿下，心中的沉重情緒就像被洗滌過一般徹底消失無蹤。

珍妮特輕撫著盛開的花朵，雙唇輕啟。

「我喜歡公主殿下。」

微小的聲音在空中盤旋，最後落在了花瓣上。

「我喜歡公主殿下。」

她再次對自己低語。這既是確認自己的心意，亦是堅定自己的信念。她想斬斷那些不由自主、不斷蠢動著想要冒出來的惡念。珍妮特將手從花朵上移開。

霎時間，背後突然傳來了一道陌生男人的嗓音。

「本來想之後再去見妳一面，沒想到剛好在這裡遇到了。」

嘩啦啦——

遠處傳來鳥兒振翅的拍打聲。珍妮特剛轉過身，一道濃重的影子便將她徹底籠罩，一雙黝黑發亮的眼睛正從近處俯瞰著她。

「你是誰？」

珍妮特不自覺退了幾步，同時有些惶恐地問道。背後盛開的花叢阻攔了她的去路。看著她警戒的模樣，男人退後一步並展露笑顏。

「該說是來實現漂亮小姐願望的善良魔法師嗎？」

「我的願望？」

那是一位有著翠色髮絲和墨黑瞳孔的奇怪男人。儘管外表看上去十分正常，可不知為何，他身上莫名有股怪異的氛圍。

「久違地與老朋友相聚，總得帶上一份禮物聊表心意。」

她不明白他在說些什麼。現在回想起來，他從一開始就像是在自言自語，而不是與她對話。

「再加上許久未見的魔力波動也令人有些高興。」男人邊說邊笑，「所以，這是送給小淑女的禮物。」

彷彿撕裂般的笑容在嘴角綻放，那瞬間，珍妮特頭頂上的夜空好似頃刻崩塌。不，那不是夜空，是被黑暗吞噬的晝日。視野倏然一片空無，在那虛無的黑暗之中，珍妮特感覺自己好似張嘴說了些什麼。

唰唰——

但當她再次眨眼，眼前依舊是原先那般和平的景色。

「這是……怎麼回事？」

宛如跌進一場不明所以的夢境，珍妮特有些迷茫地四處張望，但腦海中關於剛才那名男人的記憶已完全消失。

「珍妮特。」

這時，她一直在等的人終於出現。

「伊傑契爾。」

珍妮特面帶笑容走向他。

「來得比我想像中還要早呢。」

「是嗎？我還擔心讓妳等太久了。」

「不，感覺只等了一下下。」

這時，伊傑契爾的視線落在漸漸靠近的珍妮特的頭上，隨即他將手伸了出來。珍妮特瞬間微微一頓，只聽伊傑契爾開口說道。

「等等。」

珍妮特不知不覺屏住呼吸，有些不安地凝視著面前的臉龐。陽光在他的金色瞳孔中躍動，她的面容就這樣倒映其中。頭頂的觸感輕如羽毛，但珍妮特的心臟卻跳得比方才還要劇烈。

「妳的頭髮纏上樹葉了。我們走吧。」

耳邊傳來的、漫不經心的聲音，帶著一股隱約疏離的溫情。珍妮特側頭看了一眼熟練護送自己的伊傑契爾，再次低下頭。她知道，她一直都知道，他對她的溫柔體貼不過是長久以來的習慣。

「……恩斯特爵士怎麼樣了？」

「他很好，不用擔心。」

即便如此，她也無法輕易放手。那望向她的、帶著溫柔笑意的臉龐，幾乎要將她的心灼燒得一片滾燙。

「那真是太好了。」

珍妮特微微勾起嘴角，對伊傑契爾回以微笑。在她身後，一股無人察覺的黑暗氣息就這樣悄然隱沒。

❖❖❖

「來了嗎？」

在傾瀉而下的雨絲中，他彷彿與周圍的植被融為一體。深綠色的髮絲被雨水浸得濕透，遮住了半邊的黑眼睛。路卡斯看著坐在樹上的男人，嘲諷地笑了笑。

「你終於瘋了嗎？坐在這裡想等什麼？」

「等的就是現在啊。」

無論路卡斯心情如何，眼前的男人似乎對目前的情況頗為滿意。

「怪不得你一直圍著我轉，是想抓住我？模仿遊戲有趣嗎？」

路卡斯輕蔑地笑著，輕巧地落在一旁的樹枝上。

「冒牌的黑塔魔法師。」

啪啦、啪啦。

細雨又一次在繁茂的樹葉上奏響。這時，遠處突然傳來細微的腳步聲，看來在狩獵場的人們正在收拾東西準備返回皇宮。路卡斯和男人所在的這片森林，與人們駐足之地有段距離。

「看來有大事要發生了吧？」

路卡斯將目光轉了回來，視線落在了男人露在衣袖外的手上。

「初次見面，你這樣的態度是不是太冷淡了？」

「廢話少說。」路卡斯露出一副不耐煩的表情，「擅自闖入我塔中的小偷就是你吧？」

「是。我以為你還在沉睡，沒想到塔裡空無一人，真是嚇我了一跳。」

男人爽快地承認。

「所以你就順手偷了走我的所有魔法道具？」

「因為太過缺乏魔力，我也沒辦法。但你也太過分了吧，看看我的手，都變黑了。」

「誰讓你未經許可就隨便亂用。」

男人展示著變黑的右手，一副十分委屈的樣子，但路卡斯連眼睛都沒眨一下。

「也是你偷吃了我的世界樹果實。」

「嚴格來說，那不算吃了『你的』果實。當然，我確實是在你塔裡獲得世界樹的情報沒錯。」

「閉嘴。那本來是我要吃的，當然是我的。」

這是近年來在歐貝利亞引起騷動的冒牌黑塔魔法師與一直隱藏身分的真實黑塔魔法師的初次相遇。儘管今天才第一次見面，他們卻像認識許久的老朋友般交談著。

突然，路卡斯問道。

「你叫什麼名字？」

「問這個幹嘛？」

「還是應該叫你『亞埃泰勒尼塔斯』？」

男人瞬間笑了出來。

「哈哈，這名字我已經兩百年沒聽到了。」

黑色瞳孔中閃過一絲光彩。那位偉大的魔法師皇帝亞埃泰勒尼塔斯。但無論是說出這個兩百年前去世之人的名字的人，還是一旁的聽眾，都顯得異常鎮定。

「我現在叫卡拉克斯。」

「真難聽。」

曾是偉大魔法師皇帝的卡拉克斯對那句評價只是輕輕聳肩。

「其實我以為你會更早來找我，畢竟我留下了很多線索。」

「是啊，我本來也打算立刻找到你，然後好好教訓你一頓。」

路卡斯淡然的回答讓卡拉克斯的表情稍微有了變化。

「真麻煩，還要配合一個哭哭啼啼求關注的小屁孩。」

陰沉的光芒自黑瞳中隱隱閃爍，但路卡斯只是面無表情地注視著面前的人。片刻，卡拉克斯收起了方才外露的情緒，露出一個放鬆的笑容。

「沒關係，因為我是來見你的。」

「你吃錯藥了嗎？幹嘛那麼噁心地裝模作樣？」

「我有點寂寞啊。」

聽到這句話，路卡斯瞬間閉上嘴巴。

「這一世重生，我真的很生氣。」

卡拉克斯低頭看著自己烏黑的右手，像在自言自語般輕聲說著。

「竭盡全力使用禁術，幾乎找到了能夠永生的方法，結果卻被困在如此微不足道且卑微的軀殼之中。」

然而，路卡斯用毫無憐憫的聲音，不留情面地說道。

「一個連自己的後代都殘忍吞噬、只為滿足自己私欲的傢伙，還真是貪得無厭。」

「我曾被讚譽為最偉大的皇帝，既年輕又俊美，且十分強大。擁有那樣的人生，貪心也是理所當然的吧？」

「年輕？俊美？強大？」路卡斯一聲冷笑，冷淡說道：「那些原本也不是你的。」

那是幾百年前的故事了。當時路卡斯作為黑塔魔法師在世界各地漫遊閒逛，曾短暫居於皇帝凱伊魯統治的歐貝利亞。他是一位擁有強大魔力且智慧又堅強的皇帝，如果他在位的時間再長一些，他的名字將被恆久地刻於歷史的長河。

然而，他的繼承人——也就是亞埃泰勒尼塔斯——卻與他截然不同。亞埃泰勒尼塔斯擁有不討喜的外表、強烈的自卑和無法控制的不穩定魔力。凱伊魯曾請求路卡斯照顧他的兒子，但路卡斯只覺得麻煩，斷然拒絕了他的請求。

不久後，路卡斯離開了因凱伊魯應允而暫時居住的皇宮，回到塔中。當他再次睜眼，已經過去相當長一段時間。凱伊魯和亞埃泰勒尼塔斯都已去世多年。

此後，每當路卡斯看到歷史書中關於亞埃泰勒尼塔斯的紀錄，無人知曉他究竟感到有多麼荒唐。他對於幾百年來幾乎滅絕的神獸為何存在、歐貝利亞的魔法師數量驟減，以及在亞埃泰勒尼塔斯之後皇族魔力急劇不穩定感到非常疑惑。

最終，他找到了答案。亞埃泰勒尼塔斯透過禁忌魔法，犧牲了數十代甚至數百代後代的性命來滿足自己的貪欲。俊美的外表、強大的魔力、足以被稱為智者的明晰頭腦，還有那幾近永恆的生命。

「我其實想成為像你一樣的人。」

懷揣著過往記憶再次重獲新生的卡拉克斯，對唯一記得自己過去的人露出了和善的笑容。

「現在我們有點相似了吧？」

「少在那邊胡言亂語，你這種低劣的傢伙哪有資格跟我相提並論？」

對路卡斯來說，這些廢話起不了半點作用。不管眼前的人是否因為崇拜自己而犯下禁忌，又將付出什麼樣的代價，他都並不在乎，也與他無關。

「是叫阿塔娜西亞，對吧？」

但當卡拉克斯自言自語般說出這個名字時，路卡斯的表情瞬間變得陰沉。

「看你對這個人很感興趣，我也稍微留意了一下。」

「你這傢伙竟敢隨意……」

「那孩子是受到詛咒的影響嗎？沒想到後代中會有像我一樣經歷第二次生命的孩子。」

滴答、滴答。

雨滴落在樹葉上，冰冷的水珠飛濺四散。雨水的冷意讓卡拉克斯咳了幾聲。不久後，他對著面無表情、眼神冷漠的路卡斯慢慢勾起嘴角。

「三年前你丟下那個孩子離開，我還以為她死了也無所謂呢。」

「閉嘴。」

「哈哈，怎麼了？其實你也知道吧？那孩子的魔力狀態極其不穩定，如果沒有你，她可能會死的。」

路卡斯既沒有否認，也沒有承認。但卡拉克斯看著路卡斯逐漸冷下來的臉色，似乎相當滿意。

「無論如何，我作為消遣而施加的一點點詛咒，結果卻出乎意料地有趣。」

他彷彿想起什麼，再次覺得有趣般咯咯笑了起來。

「你前去尋找世界樹果實那段時間發生的事，其實都是我的傑作。」

「難怪那個詛咒看起來廉價又膚淺。」

「我真的只是施了一個非常微小的詛咒，沒想到居然會像雪球一樣越滾越大。啊，是那個叫『珍妮特』的孩子對吧？誰能想到我還會有另一支血脈呢？」

卡拉克斯見到珍妮特完全是出於偶然。他在發現黑塔空無一人時曾試圖追蹤路卡斯的蹤跡，並在皇宮找到了些許痕跡。之後，他便自稱是黑塔魔法師，期望能藉此引起路卡斯的注意。可惜他錯了，偉大的黑塔魔法師對於他卑劣的模仿者毫不在乎。

那該如何讓他來見自己呢？自己主動去見路卡斯顯然並不在選項之中。路卡斯說他像個急於得到關注的小孩，但事實並非全然如此。自從很久以前被他的魔法感動之後，卡拉克斯就一直渴望得到路卡斯的認可。他希望能在他旁邊閃耀的不是他的父親，而是自己。但如果做不到，那麼讓路卡斯一直沉睡也是個不錯的選擇。

之後，卡拉克斯使用禁忌魔法重獲新生。與此同時，他也得知路卡斯終於從長久的沉眠中甦醒。於是，他迫不及待地想要與路卡斯分享這一偉大創舉。如果見到現在的他，路卡斯會有多麼驚訝？為此，他需要將路卡斯帶到自己面前。果然還是應該拿阿塔娜西亞作為誘餌嗎？但如果這樣做，讓路卡斯大發雷霆後果將不堪設想。

他思考了很久，某一天，他在參加阿塔娜西亞公主茶會的少女中，見到了珍妮特。這時他才知道，原來還有另一個擁有皇族魔力的人存在。從那魔力散發的黑暗氣息，珍妮特可能比阿塔娜西亞更接近他的直系後代。

「路卡斯，你還記得曾經的亞勒腓公爵嗎？那個嚴肅又正直的人幾乎是父親無可取代的左右臂膀。如果是父親的命令，他甚至願意親吻皇帝的鞋尖。」

一想到現在的亞勒腓公爵帶著極其相似的面孔，內心所想卻與當初的那個人南轅北轍，實在太滑稽了。

「所以，我成為皇帝後就立刻將他誅殺。」

對於這個意外遇見的少女，卡拉克斯出於興趣使然，在珍妮特房間的某樣物品上施加了詛咒。而後，為了獲得比路卡斯更強大的魔力，他隻身前往了世界樹的巢穴。

「咳咳。無論如何，那孩子想給阿塔娜西亞一份禮物，所以我就稍微在那條緞帶上開了個小玩笑。」

但他萬萬沒想到路卡斯會得到世界樹的枝條。在他原定的計畫中，即便是路卡斯，在看到滿地腐爛的果實也只能無奈放棄。沒想到自己不惜以身涉險，費盡心思激怒世界樹，將所有果實全數摧毀的舉動全是徒勞。而這副脆弱的身體更是在吃了僅僅一顆果實後就出現嚴重的副作用。啊，早知道會這樣，就留在皇宮裡看有趣的事了。

「咳，咳咳……」

這時，臉色蒼白的卡拉克斯開始不停咳嗽，甚至有鮮紅的血液自唇邊淌出。路卡斯用冷漠的眼神靜靜地望著他。

「咳咳……」

片刻過後，卡拉克斯擦掉唇邊的血，再次挺直腰桿。手中的刺眼鮮紅，與他白到幾乎透明的皮膚形成鮮明對比。他顫抖著肩膀，無奈地笑了笑。

「啊，這副身體真是沒用。費盡心思吃了世界樹的果實，卻因為身體太弱，壽命反而縮短了。」

身體本就不好，能夠抵達世界樹所在，也是多虧了路卡斯的魔法道具。世界樹說過，它把之前來的那位不速之客趕走了。世界樹的攻擊肯定對本就虛弱的身體造成了不小的傷害，也難怪對卡拉克斯來說，世界樹的果實反而成了毒藥。但他仍不值得半點同情。

路卡斯緩緩張開嘴唇，令人毛骨悚然的寒冷聲音隨即流淌。

「你是想要我親手結束你的生命？」

卡拉克斯只是笑了笑。

「即使你不這麼做，我也很快就會死了。你會這麼做嗎？」

路卡斯想嘲笑他。

「瘋子。突然跳出來裝作自己是一切的主謀，只會說些沒用的廢話。」

實際上，當初次得知亞埃泰勒尼塔斯做的事之後，路卡斯所感受到的情緒並不僅僅是嘲笑或輕視。

「沒辦法，我看到幸福的人就想折磨他們。」

即使嘴角沾著鮮血，卡拉克斯仍舊嘻皮笑臉的。這讓路卡斯忍不住皺起眉頭。

「但惡作劇就那一次而已。我不會再去碰那個孩子了，畢竟我不想被你討厭。」

胡扯。路卡斯今天已經不知道第幾次暗自想著那句話了。他可不是那種為了得到父母關注而製造麻煩的孩子。無論黑塔還是皇宮，甚至是小白的巢穴，路卡斯目光所及之處，盡皆被卡拉克斯隨意撒野。所以當卡拉克斯含糊地微笑著說出那些話，路卡斯的眼神閃過一絲銳利的殺意。

「如果我死了再重生，那時也只有你會來見我、記得我了。」

「別說廢話了。」

「哎呀，我還以為你選擇阿塔娜西亞也是同樣的理由呢。」

「不會說話就乖乖閉嘴。」

但卡拉克斯不顧路卡斯的警告，一臉看穿一切的表情繼續說了下去。

「因為你懷著同樣的心情，所以到現在都還沒殺了我，對吧？」

轟隆隆隆——！

巨大的爆鳴在森林炸響。躲避雨水的鳥兒揚起濕漉漉的翅膀，高高地振翅飛入空中。

「我準備了一份禮物給你，作為擅自觸碰你東西的道歉。」

被摧毀的廢墟之上並無任何人的蹤跡。卡拉克斯在旁邊的樹上輕輕坐下，面對著比以往任何時候都更加殺氣騰騰的路卡斯，笑著打了聲招呼。

「如果你喜歡這份禮物，下次再來找我吧。那麼，再見了。」

話音未落，他的身影便消失無蹤。

Chapter XVI 當故事高潮將至

某天，路卡斯突然跑來找我，遞給我一個黑糊糊的東西。

「那是什麼？」

「我撿到的。」

我隨意地接了過來，隨即發出一聲驚叫。

「小黑……？」

但仔細一看並不是。乍看之下還以為是小黑，但現在看來是外觀神似的另一種動物。

為什麼突然給我這個？

「看起來像是混血。」

路卡斯沒坐在我旁邊的沙發上，而是把另一張椅子拉到一邊坐了下來。我感受著懷裡傳來的溫度，身體不自在地僵硬起來。如路卡斯所言，這個毛茸茸的黑色生物有著圓滾滾的耳朵。

「但為什麼給我？」

「我說了是撿到的。」

「那你自己帶走吧。」

「我不需要，給妳了。」

換句話說，這是一份禮物。但幹嘛繞這麼一大圈啊？我本能地想把牠還給路卡斯，就在那時，懷中傳來了一聲「嗚」的咽嗚。我低下頭，不由自主地嘆了口氣。牠圓圓的藍眼睛正濕潤地看著我，那眼神彷彿在問「妳真的要把我還給他嗎，妳真的會那麼做嗎」。

我陷入了進退兩難的境地。實際上，自從小黑消失後，我就刻意避免與動物親近。因為每當看見牠們，我就會不由自主想起小黑，並意識到自己可能比想像中更加依戀牠。在這本書的世界中，不知為何，唯獨小黑是讓我覺得真正屬於自己的東西，是小說中的阿塔娜西亞或珍妮特所沒有的、獨屬於我的東西。當然，我知道這個想法究竟有多麼幼稚可笑，所以從未對他人提起過這件事。

「真可愛。」

感受著柔軟的皮毛纏繞在指間，我不自覺地喃喃自語。不知是否因為我的撫摸，懷中的生物也發出滿足低吟，用頭蹭著我的手。久違地感受到懷裡的溫暖，我的心情也變得柔軟起來。我舒適地靠在沙發上，撫摸著牠黑色的軟毛。

路卡斯慵懶地靠著椅背，手臂搭在上面，無聊地注視著我，而後突然目光一轉，看向我手中的書。

「妳是打算把世界上所有書都讀一遍嗎？不會覺得無聊嗎？」

「哼嗯，愚蠢的凡人。學問可是永無止境的。」

我手中的書記錄了歷代偉人的成就。路卡斯一臉厭煩地翻著書頁，像是突然發現了什麼，不悅地嘟囔起來。

「啊，真是的，怎麼到處都有這傢伙的臉？」

「誰？」

「還能是誰。當然是亞埃泰勒尼塔斯那個瘋子。」

咳咳，看來路卡斯很討厭亞埃泰勒尼塔斯皇帝呢。

「聽說他跟黑塔魔法師關係緊密呢。」

「緊密個頭啊。」

聽我這麼一說，路卡斯露出了極其厭惡的表情。看他這個樣子，我忍不住想逗逗他。

「黑塔魔法師非常喜歡亞埃泰勒尼塔斯皇帝啊。聽說皇帝去世後，他因為太過悲傷而銷聲匿跡了呢。」

「蛤？我要找出寫出這種謠言的傢伙，絕對不能放過。」

哎呀，我的計畫宣告失敗！我一開口，路卡斯就冷冷地嘟囔起來。

「居然把這種東西當成書籍出版，是沒腦子還是膽子太大？」

看著路卡斯陰沉的笑臉，我感覺如果繼續放任不管，不知道他會做出什麼事來。

「那、那也有正確的部分啊！」

希望這麼說能讓他心情好一點，改變一下氣氛！

「黑塔魔法師的偉大可是被詳盡地列舉了呢！你想看嗎？」

我急忙翻開書本，找到記載黑塔魔法師的部分並展示給路卡斯看。他裝作不感興趣地瞄了一眼，隨後嗤之以鼻地開口。

「比其他愚蠢的人類寫得好那麼一點點而已。」

至少他的心情看起來好像比剛才好。這傢伙真是簡單。之前看到記載黑塔魔法師成就的書籍時，如果發現其被描寫得不夠酷或不夠偉大，他就會異常挑剔，我猜他應該很喜歡黑塔魔法師吧。

「對了，妳知道這童話故事裡的黑塔魔法師已經是第二代了嗎？」

「真的嗎？」

路卡斯放鬆心情的同時，像要告訴我一個特別的祕密般開口說道。聞言，我驚訝地反問。但那不是童話書，是正正經經的歷史書啊！不過，這顯然不是重點。

「第一代活了大約一千兩百年才離世。」

「哇，好久。」

一千兩百年？對於一個普通人來說，這幾乎是難以想像的歲月。那麼他到底有多強大呢？路卡斯也同意我的看法。

「活那麼久，一定覺得生活無聊到了極點。」

「活那麼久，後來是不是對一切都感到索然無味，對萬物都變得麻木不仁了呢？」

我突然想起小時候和莉莉一起讀過的書。

——據說黑塔魔法師的力量，能輕輕鬆鬆毀滅一整個國家。因此，黑塔魔法師們便主動冰封了自己的心。因為若是讓感性勝過理性，他們很可能會被情緒支配、感情用事，甚至利用魔法的力量徇私枉法。

「啊，所以說黑塔魔法師之所以會冰封自己的心臟，是這個原因啊。真是富有詩意的表達呢。」

我像終於理解般自言自語地說道。哼，難道這就是社會組與自然組的差異嗎？明明只要寫「活得夠久所以看淡了一切」就行了。聽到我的嘟囔，路卡斯不經意地說道。

「雖然表達得挺抽象，但這句話也並不是完全錯誤。」

啊，我以為只是詩意的表達耶？不是完全錯誤？那是什麼意思？隨後，路卡斯的話讓我驟然升起了一股微妙的情緒。

「在古代魔法中，有一些被視為禁忌，其中就包括可以徹底抹去情感的魔法。」

「喔，如果是被禁止的魔法，那不就是黑魔法嗎？」

「不是黑魔法，但很相似。」

我對學術的熱情向來很高，所以他說的話激起了我的好奇心。只不過，我覺得這些內容應該不是我能輕易詢問的。但路卡斯似乎覺得無所謂，很自然地解釋道。

「如果想忘記某件事，就可以刪除與那個人或那件事相關的情感，讓一切回歸初始，不再產生交集。因完全消除記憶既低效又危險，所以才會有這種替代方法。」路卡斯接著補充：「比如，前任的黑塔魔法師在他唯一的兒子早一步死去時使用了這種魔法。結果，關於兒子的記憶依然留存於腦海，但所有情感都被消除了。」

「那會怎樣呢？」

「就像我說的那樣。」

略帶寒意的話語鑽入耳中。

「與記憶有所連繫的自我情感都會被徹底遺忘。即使回想起來，也感覺像是在看別人的人生。因為早已忘記所有悲傷和喜悅，所以找不到任何意義。隨著時間推移，這些記憶就像是別人的故事。」

抹去情感原來是這樣嗎？這是我從未想像過的事，所以路卡斯的話聽起來很不真實。

「通常以這種方式抹除了情感的記憶，後來會自然消逝。就像走在路上不小心被石頭絆倒，或是隨便某個其他人發生的無意義事件，通常都不會長久記得。」

根據路卡斯的說法，這樣雖然比使用黑魔法抹去記憶還耗時，但卻更加安全。可這並不意味著它是個好方法。

「這種事……有點糟糕。」

「是的，的確不好。」

路卡斯揚起嘴角，回應了我的話，但那絕對稱不上一個愉快的笑容。他似乎在嘲笑著某些我所不知道的事。

「所以說，前任黑塔魔法師也是因此瘋了吧？」

從某一刻開始，我便沉默了下來，靜靜地看著路卡斯。當我停下動作，懷裡的動物像是在抗議似地蠕動了一下。

「那個人在自殺前使用過很多次那個魔法。」

路卡斯以一種彷彿在說別人的故事般，語氣平淡地談論著前任黑塔魔法師。然而，我無法將他的話當成隨口提起的閒聊。

「你呢？」

在目光接觸的同時，我輕聲開口問道。

「你到目前為止用過幾次？」

路卡斯斜看了我一眼，回答道。

「我沒有那個人那麼脆弱，所以沒有使用過那麼多次。」

也是，路卡斯確實十分強大且心智堅定。但這番話意味著，在他的一生中，雖然不多，但確實使用過幾次禁忌魔法。在過去三年，我從路卡斯那裡學到了很多關於魔法的知識。每次他都會說「禁忌魔法之所以被視為禁忌，都是有原因的。除非真的到了生命垂危的時刻，否則不要使用」，如果路卡斯使用了抹去情感的魔法，也許是他感受到了無法承受的絕望？

「妳的手在做什麼？」

突然感到有些不安，我將手放在路卡斯的頭上，輕輕撫摸著。隨著我的動作，對方臉上漸漸浮現出疑惑。

「可能是為了安慰你受傷的靈魂吧。」

「夠了，別摸了。」

「唉，明明很喜歡還假裝不在乎。」

「喂，我可不是需要妳安慰的年紀。」

「什麼時候開始你和我不是同齡人了？」

我提起了路卡斯很久以前對我說過的話。他的表情又變得難以置信起來，但我就像以前對待小黑那樣，繼續撫摸著路卡斯。對於我如此大膽的舉動，路卡斯也只是皺著眉頭，沒有從我的手中掙脫。

❖ ❖ ❖

「妳想養那隻小狗嗎？」

看著我懷裡的黑色毛球，克洛德挑起了一邊的眉毛。

「不是小狗，好像是其他生物的混血。」

「反正也是犬科，跟小狗差不多。」

不、不一樣啦。但在這裡爭辯這些只會惹出無謂的麻煩，我還是保持沉默吧。

「路卡斯檢查過了，說牠不危險。畢竟牠不是魔法生物。」

就在那一刻，克洛德的眼神微微一動。啊，那是不滿的表情嗎？那他是反對囉？我失望地看著正在輕舔著我手背的生物。但過了一會兒，克洛德放鬆了臉上的表情，漫不經心地說道。

「如果那傢伙這麼說，應該沒問題。」

等等……感覺有點奇怪？那莫名的信任到底是怎麼回事？我完全沒有注意到，原來路卡斯是爸爸非常信任的人嗎？還是說他知道了什麼？我思考了一會兒，然後開口。

「爸爸。」

「怎麼了？」

我終於說出一直藏在心裡的話。

「我覺得路卡斯可能是黑塔魔法師。」

其實我從很早以前就隱約覺得路卡斯可能是真正的黑塔魔法師。只是他從未提起，加上我也擔心這可能是我對黑塔魔法師的迷戀引起的妄想……但昨天發生的事，終於讓我長久的疑惑變成了確信。

「是他告訴妳的嗎？」

「不是，但我有這種感覺。」

聽了我的話之後，克洛德靜靜凝視著我許久。最後，他以一種漠不關心的口吻說道。

「是嗎？原來如此。」

啊？這、這樣就結束了嗎？我對克洛德的冷淡反應感到訝異。

「爸爸也是這麼認為的嗎？」

「之前確實有過懷疑。」

這、這樣啊。知道有人跟我有相同的想法讓我很開心，但又莫名有些尷尬，因為好像只有我是最後才知道的。

「那就出去吧。狗毛都飛起來了。」

「牠不是狗！」

「是不是狗都一樣。」

啊，以前他對小黑也這樣！看來爸爸真的不怎麼喜歡寵物。

明明這麼可愛，為什麼呢？

「那隻狗，以後我來的時候不要讓牠進房間。」

「不如您抱一下怎麼樣？」

「拿開。」

克洛德的表情看起來太可怕了，我立刻選擇放棄。我一邊想著要幫這團毛球取什麼名字，一邊離開了石榴宮。

❖
❖
❖

自從上次狩獵大會，亞勒蘭大和歐貝利亞的年輕貴族之間似乎建立了相當親密的友誼，時常相互邀約、聚在一起享用茶點。畢竟使節團來訪的目的也是促進友好，眾人也都認為年輕一代多加交流是件好事。

「恩斯特爵士，請坐中間。您都不知道我是多麼期待今天的到來。」

「我也是！」

其中，卡貝爾・恩斯特在歐貝利亞的名媛們中享有極高的人氣，其原因正是——

「今天也要說說亞勒腓公子的故事吧？」

「公子學生時期的故事，真是讓人心跳加速。」

登登，伊傑契爾學生時期的各種小故事！

身為小說男主角的忠實擁護者，名媛們怎麼可能錯過這種難得的機會？

「如果瑪格麗塔小姐想聽的話，我就講給你們聽。」

自從上次狩獵大會之後，卡貝爾就對珍妮特展開了積極的攻勢。以對一位朋友的表妹所展現的親切來說，他的態度似乎過於親密，因此大多數人皆對兩人投以含蓄而曖昧的目光。

「恩斯特爵士真是太親切了。那麼，能為在座的各位講述一下嗎？」

「如果是瑪格麗塔小姐的請求，哪怕一百次、一千次我也樂意！」

珍妮特起初還感到有些不自在，但現在似乎已經適應了他的熱情，能以輕鬆的態度進行對話。此外，不僅是卡貝爾，她現在也能自然地與其他人交流了。我認為這無疑是受到了卡貝爾．恩斯特的影響。畢竟是我們開朗直率的男配角，讓其他人與珍妮特相處的氛圍也變得輕鬆起來。也或許是卡貝爾嘴上一直喊著「瑪格麗塔小姐」，人們也因此對珍妮特產生了親近之情。在狩獵大會之後，通常都是以下這種模式——

第一天。

「瑪格麗塔小姐！幾天沒見到瑪格麗塔小姐，如今您的臉龐在我眼前閃爍著耀眼的光輝，您今天也美得令人眼花繚亂！」

第二天。

「瑪格麗塔小姐，不知道您能否稱呼我為『卡貝爾』呢？那個，如果您不介意的話，我也希望能用瑪格麗塔小姐的名字稱呼您……」

第三天。

「能坐在瑪格麗塔小姐身邊是何等的榮幸。如果瑪格麗塔小姐能叫我卡貝爾，我此生將了無遺憾……」

就這樣，任誰都能看出卡貝爾是真心喜歡珍妮特，而珍妮特似乎也不討厭卡貝爾。當然，這並非男女之間的愛戀，但至少她認為他是一個相處起來愉快且有趣的人。

「所以，我沒有對伊傑契爾的困境視而不見，而是將對決推遲到下次，因此這是我第一次必須將第一名的位置讓出。」

「結論就是亞勒腓公子贏囉？」

「重要的不是勝負！我尊敬的一位特瓦洛特爵士這樣說過，騎士們應該具備的基本品德是優先考慮弱者，不對同伴的困境視而不見，並坦然接受結果……」

呃、呃嗯。不過，當卡貝爾開始講述的伊傑契爾學生時期的故事，經常會像現在這樣中途岔開天馬行空的話題。大多數講到伊傑契爾的部分，最後都會轉成對自己的誇讚。我想，這可能是想在珍妮特面前力求表現的緣故吧。

「然後我妹妹說，在那種情況下，失敗其實等同於勝利。所以，伊傑契爾其實是和我打成平手。」

「我之前就感覺到了，恩斯特爵士似乎和妹妹很親近。」

「請叫我卡貝爾，瑪格麗塔小姐。我妹妹確實很喜歡我。」

又開始了。明明是他喜歡妹妹，幹嘛非要反過來說？而且還帶著滿滿自豪說妹妹喜歡自己？其他人大概也跟我有一樣的想法，臉上皆露出了複雜的表情。

「話說回來，您找到丟失的東西了嗎？聽說是妹妹給的禮物。」

「不，還沒有……」

剛才還情緒高昂的卡貝爾，一下子變得愁眉苦臉。啊，他還沒找到那個劍飾啊。畢竟連掉在哪裡都不知道，如果是在狩獵大會回來的路上弄丟的話，應該很難找回來吧。唉，那時候接縫就已經很鬆動了。

「請不要氣餒。我也曾經差點丟失重要的物品，我懂那種感覺。但我很快就找回來了，希望恩斯特爵士也能很快獲得好消息。」

「瑪格麗塔小姐……！」

在珍妮特的安慰下，卡貝爾眼中彷彿閃爍著愛心。真是的，超級典型的男配角啊。

「有什麼有趣的事嗎？」

一旁突然傳來的聲音自然是路卡斯的。雖然已經習慣了他突然出現，但我還是有點嚇到，特別是我現在正站在一尊天使雕像的翅膀上。

「有趣的事？沒有……」

看來他又是因為無聊才來找我的。我無奈地嘟囔著轉過頭去，並在看到路卡斯後，不由自主發出一聲驚呼。

「路卡斯，你怎麼能那樣做！」

我突如其來的責備使路卡斯身形一愣。

「我做了什麼？」

我不敢相信地對他大喊。

「你竟然坐在天使姐姐的頭上！」

「那又怎樣？」

「這是對天使姐姐的侮辱！」

路卡斯對我的發言顯然無話可說。拜託！就連我都不忍心直接坐在天使姐姐頭上，只敢稍微借用她的翅膀而已！

「快下來！來這裡，來這裡。」

我因路卡斯無禮的舉止而激動地催促，並猛地拉住了他。天使姐姐不僅外貌出眾，翅膀尺寸也大得驚人，足以讓兩個人坐在上面。路卡斯一臉茫然地被我拖了過來。但當我試圖向旁邊移動時，卻一不小心失去了平衡。

「啊！」

我沒有發出可愛的尖叫。那種尖叫只適合小說中的女主角，唉。但當我搖搖欲墜之時，路卡斯一把抓住了我。

「小心。」

一聲短促的低語在我耳邊驟然響起。我嚇了一跳，下意識將頭轉了過去。但我不該那麼做的。當與他那赤紅瞳孔近距離對視的剎那，我感到更加不自在了。

我試圖將被路卡斯抓著的手臂抽出來，支支吾吾地說道。

「反、反正即使掉下去也不會受傷。」

「怎麼不會？會傷到地板耶。」

這傢伙！我才想說他怎會好心地出手幫忙，原來是這樣。

「我是說，掉下去之前施展魔法就行了。」

「是啊，所以說是因為妳的魔力地板才會受傷。」

「我不是那個意思！」

「那是什麼意思？」

啊，我放棄和路卡斯進一步爭吵。即使我瞪著他，他也只是一臉「妳說說看」的討厭表情。我撇了撇嘴，嘟囔著轉頭面向前方。

「妳在生氣嗎？」

路卡斯似乎覺得我的反應很有趣，笑咪咪地看著我。

「才沒有。」

「才怪，看這邊。」

但我確實沒生氣。名媛和公子們仍在交談，陣陣傳來的歡笑聲交織出一片和樂的氣氛。我清了清嗓子，開口說道。

「我幫你給我的那個傢伙取了名字。」

「什麼名字？」

「諾克斯。」

「嗯？」

那一刻，路卡斯瞪著我，臉色瞬間變得嚴肅。

「妳是誰？妳不是阿塔娜西亞？說吧，妳的真實身分是什麼？」

「什麼意思？」

「我知道的妳沒有那麼高超的取名能力。」

「喂，別小看我！」

啊，我真的是無話可說，真的！

「所以妳真的是自己取的那個名字？繼『小黑』和『小藍』之後，取名的技巧突然進步了？」

「為什麼，很酷嗎？你驚訝了吧？一定很欣賞我，對吧？」

咳咳，這可是我費盡心思取的名字啊！路卡斯給的那個混血動物，擁有像夜空般的黑色毛皮和黎明光芒般的藍色眼睛，在經過幾天幾夜的思考後，決定以「夜」的意義將其命名為「諾克斯」。哈，再多讚美我一點！我已經不再是過去的我了！

「看來妳很喜歡？」

「我取的名字，當然喜歡了。」

「不只是名字，還有那隻狗。」

「牠不是狗。」

「看起來像狗，所以就是狗。」

唉，為什麼克洛德和路卡斯都這樣，為什麼都急著將我的寵物定義為狗呢？

「以後有什麼事，別自己傷心，抱著牠玩吧。」

我轉頭看向路卡斯。這話是什麼意思？難道是我每次想到小黑，就顯得有些垂頭喪氣，所以他特意送給我當作禮物？沒想到他有這麼貼心細膩的一面？不，比那更重要的是……

「你……」

看來他確實很喜歡我？

「我什麼？」

「沒事，沒什麼。」

路卡斯瞇起眼睛，一臉疑惑地看向話沒說完的我，但我只是保持沉默。頭頂上的初夏陽光溫暖而舒適。也許是這個緣故，我感覺臉有點熱。

❖❖❖

「珍妮特，今天下午要不要一起到綠寶石宮喝茶呢？」

「啊……很抱歉，公主殿下，今天我已經有約了。」

啊，被拒絕了。珍妮特帶著歉意，拒絕了我的茶會邀請。但既然她有其他邀約，那也沒辦法。最近她在其他貴族男女之間變得非常受歡迎，大家都希望能邀請珍妮特或被珍妮特邀請。

「那真是太遺憾了。」

嘖嘖，這就是看著孩子長大的母親……不，應該說是阿姨的心情吧。不過，最近和許多人交往，似乎讓珍妮特的性格比以前開朗許多，也增加了不少自信。從這個角度來看，這對她來說似乎是件好事；但另一方面，我也在想這種變化是否與珍妮特的魔力有關，所以一直在偷偷觀察她。

「公主殿下。」

「嗯。」

「不……沒什麼。」

咦？怎麼突然這麼冷淡？

珍妮特似乎想說些什麼，但很快就閉上嘴巴，露出了淺淺的微笑。那表情看起來和往常沒什麼不同，但我並沒有忽視那不自然的反應。

「那麼，下次見，瑪格麗塔小姐。」

然而，我也沒有詢問她理由，只向她禮貌道別。隨後，我短暫地注視著珍妮特穿過綴滿鮮花的小徑遠去的背影，然後轉身離開。嗯，看來珍妮特今天也是去藍寶石宮了。雖然我也收到了一起享用下午茶的邀請，但秋收節的準備工作使我忙得不可開交，只能婉拒邀約。

「看來瑪格麗塔小姐最近很忙。真是遺憾。」

聽到菲力斯的話，我突然眯起眼睛。

「菲力斯對瑪格麗塔小姐一直都很友好呢。」

「畢竟是公主殿下的朋友嘛。」

嗯，太奇怪了。記得以前小白叔叔想讓我和伊傑契爾跟珍妮特走得更近時，他就會自發地燃起競爭意識，想要成為更適合做我的朋友的人，不只非要學習不可，還天天只知道看書！但最近，為何他們總想把珍妮特和我湊在一起呢？

「嗯？公主殿下，您怎麼了？」

我短暫地看了菲力斯一眼，然後伸出手來。當我的手掌觸碰到他的胸膛，菲力斯看起來非常困惑。我沒有多作解釋，只是對他使用了淨化魔法。

「啊，剛才那是什麼？不知道是不是我的錯覺，感覺身體變得非常輕盈？」

菲力斯摸索著自己的身體，一臉好奇地問道。

「除了身體輕盈外，還有其他感覺嗎？」

「其他感覺……我不太確定。」

菲力斯看起來有些困惑。嗯，看他露出平時那副呆呆的表情，似乎其他方面沒什麼問題。我是不是太敏感了，但淨化魔法就像某些化妝品廣告的標語——讓身體變得清潔、純淨、充滿自信！所以即使沒有必要，偶爾施展一下也無妨。

「如果你突然感覺不舒服或身體不適，記得告訴我。」

「啊，這是幫助身心靈循環的魔法嗎？我最近確實感覺身體既沉重又疲憊。」

「嗯，差不多吧。」

「公主殿下如此關心，臣實在太感動了。」

呃，咳咳。你的眼睛太閃亮了，讓我都有點不好意思了。

「我們走吧。」

「是的，公主殿下！」

也許是剛施展了淨化魔法，菲力斯似乎比平時更加活躍，精神抖擻地踏步向前。看著他的樣子，我不禁思索著是否早該對他施加淨化魔法。好，從現在起，每天都要淨化菲力斯一次！就這樣決定後，我點著頭朝著綠寶石宮前進。

❖❖❖

「莉莉安大人，不會太重嗎？讓我來吧。」

「今天跟騎士團練習劍術回來，感覺真是痛快。」

「公主殿下，以後有什麼事都請交給我。」

也許是每日淨化的緣故，最近的菲力斯就像一隻展翅高飛的鳥，無時無刻不充滿活力。我有點擔心，還特意去問了路卡斯，但他說淨化魔法有助於身體自我淨化，而且即使長時間使用也不會產生抗性，所以每天施展也沒問題。

我自己也用過淨化魔法，知道使用過後感覺真的很舒暢。比方說，就像是吃了薄荷糖那種瞬間清涼的感覺，或是像貼了薄荷藥膏那種涼爽。咳，咳咳。這樣解釋感覺有點俗氣，但無論如何——

「公主殿下，我最近又開始學習了。」

看著這幾天變得更加鮮活的菲力斯，我感到有些複雜，有點像是看到了新生兒般的微妙感受。

「隨著年齡增長，腦袋變得愈來愈僵硬，也比以前更容易疲倦，難以抽出時間自我提升，但最近身體變得輕盈，精神也變得清晰……」

這、這太奇怪了。淨化魔法不應該有這麼好的效果才對呀？它又不是萬能藥，或許能短暫恢復疲勞或改善心情，但這種神奇的效果完全是另一回事吧。

「所以，最近我開始把閱讀薩伊坎西亞神聖帝國的聖典當作一種嗜好。」

和幾天前相比，菲力斯真的明顯地充滿活力，正興奮地談論著他最近在做的事。我、我一直都沒發現，現在這樣看來，和以前的差異真的很明顯啊。是因為每天都見面相處的關係嗎？我只以為菲力斯一直處在同一個狀態，但現在看來卻不是這樣！原來人可以變得如此生動嗎！就像枯萎的草在雨後重新煥發新綠一樣！

「公主殿下，那個淨化魔法您能也對我使用一次嗎？我很好奇是什麼感覺。」

聽到菲力斯的發言，漢娜似乎也對淨化魔法感到好奇。畢竟這不是什麼困難的事，我也對漢娜施展了魔法。

「喔，好神奇呢。」

隨後，只見漢娜睜大了雙眼，開口說道。難道她也像菲力斯一樣突然精神煥發了嗎？

「有效果嗎？」

「不，沒什麼特別的感覺，真令人驚訝！」

咳咳，漢娜似乎只是對自己的身體感到新奇。

「啊，是嗎？」

「是的。有一瞬間感到涼快，但並沒有像羅培因爵士那樣，好像剛學會跳躍的小馬，隨時都能飛奔起來。」

哈，漢娜！原來妳是這樣看待菲力斯的！畢竟最近菲力斯的活力似乎有些過剩，到處閃來閃去的。

「瑟絲，過來一下。」

「怎麼了？」

「公主殿下，您可以對瑟絲施展同樣的魔法嗎？」

當然沒問題。我對剛走進房間的瑟絲施展了淨化魔法。

「除了感覺有點清爽之外，我不太確定？」

但她也只是疑惑地歪著頭。

「真奇怪。是因為漢娜和瑟絲還年輕嗎？」

「也許是這樣吧……」

喀嚓，砰——！

下一刻，一旁傳來了重物撞擊地板的聲音。轉頭一看，菲力斯肩膀低垂地站在茶几前。今天他又煩人地要求我讓他做這做那，我便隨意地請他把茶几稍微往旁邊移一點。

「對，年齡……畢竟是無法隱瞞的。我也不知不覺快四十了……」

我們這才突然想起剛才的對話，不禁心中一驚。是、是不是有點太直接了！我們只是隨口一說而已！平時對克洛德提起年齡問題，他都只是隨口應了一聲，沒想到菲力斯會這麼受打擊。

「啊，不是的！菲力斯怎麼算老呢？菲力斯還年輕呢！只是說漢娜和瑟絲比較年輕而已。」

「對的！羅培因爵士還在全盛時期，何必在意呢。」

「是啊，羅培因爵士。」

「不用這樣安慰我。」

但菲力斯已經沉浸在失落中，我們的話似乎沒能讓他感受到安慰。從他那比剛才更低垂的肩膀可以看出，他已經進入了憂鬱模式，似、似乎還有點生氣？

「公主殿下，我可以去休息一會兒嗎？剛才還好好的，不知道是不是因為年紀大了，突然感覺全身痠痛。」

「那、那好吧……」

「看來我得找些補身體的藥材或者龍鳳湯之類的東西。」

「龍、龍鳳湯？」

「不能給周圍的人添麻煩，年紀大了至少得自己照顧好自己的身體。」

菲力斯這麼說著，無精打采地朝門口走去。

「羅培因爵士那麼沮喪的樣子，還真是頭一回見。」

「我、我們說錯話了嗎？」

「看來是這樣。」

我們側著頭，一邊流著冷汗，一邊注視著他蕭瑟的背影。

❖❖❖

「爸爸，別太灰心，振作一點！」

我突然闖進書房後說的話讓克洛德挑起了一邊的眉毛。我在菲力斯事件後迅速反省，立刻跑來找克洛德懺悔。

「看來我之前真的沒有理解爸爸的心情，我是個壞女兒。」

「又在胡言亂語什麼？」

我之前總是擔心克洛德的健康，嘮叨著讓他運動、好好睡覺，還經常說「爸爸也不再年輕了，難道還以為自己很青春年少嗎」。當時我只是覺得克洛德太不注意自己的身體，所以有些生氣。但經歷此事，我覺得自己以前可能太過分了。看到菲力斯大受打擊並沉浸在煩惱中的模樣，我想克洛德應該會更憂鬱吧。畢竟克洛德比菲力斯年紀還大！

「變老是無法避免的自然現象，我之前是不是說得太過分了？」

這麼想著，我的內心突然感到一陣酸楚。我走上前，緊緊抓住他的手說。

「爸爸一定也不想帶著濃濃的黑眼圈，像生病的雞一樣整天感到不適。去年和前年不同，今年和去年也有所不同，這是理所當然的，是我之前沒有站在爸爸的立場考慮問題。」

「什麼……」

「但別擔心，有我在爸爸身邊！」

隨著我的滔滔不絕，克洛德的眼角抽搐了一下。

「即使到了行動不便的年紀，我也會一直在爸爸身邊的！所以不用擔心晚年的事，就算變成白髮蒼蒼的老爺爺，也要和我一起長長久久……」

「是誰給妳灌輸這些無聊的想法？菲力斯？」

克洛德身上散發出來的氛圍突然變得非常危險。

我突然起了一身雞皮疙瘩！

「啊，不是。不完全是因為菲力斯……」

「菲力斯。」

但克洛德已經開口喊了待在外面的菲力斯。像往常一樣，他立即推門走了進來。

「是的，陛下。」

「我為什麼叫你來你應該清楚。」

克洛德那冷冽的眼神讓菲力斯瞬間僵硬。我感到很是困惑，為什麼要對心情已經十分低落的菲力斯這樣做呢！

「爸爸，菲力斯沒有做錯任何事，只是我自己……」

「對不起，陛下！臣犯了死罪！」

然而，菲力斯卻突然在克洛德面前跪下道歉。

「臣忘了自己的身分，為了個人私欲而犯下的罪，確實罪該萬死！」

咦，什麼？我完全不明白菲力斯到底為什麼道歉。起初我以為只是克洛德的臉色不好，不知道是什麼原因總之先道歉撐過當下的困境。本以為他是出於這般考量，但現在看來好像又不是那麼回事。啊，這情況搞得好像他偷偷做了什麼大事一樣？為了個人私欲而犯下的罪？到底做了什麼啊？啊！難道菲力斯是偷偷受了賄賂，或者挪用皇室公款這類事情？不可能吧，菲力斯不會那樣做的！

但菲力斯的態度過於慎重，連我也不禁嚴肅起來。看他那充滿罪惡感的臉，我意識到這不是件小事。而克洛德似乎也沒想到菲力斯會這樣，從他那疑惑的眼神中便可窺知一二。

「好吧，如果你知道自己罪無可赦，那就親口說出自己的罪刑。」

克洛德似乎也不明白菲力斯為何如此，但他沒有表現出來，而是老練地誘使對方回答。然而，書房內緊張的氣氛在下一刻便瞬間消失。

「臣獨自享用了龍鳳湯，那麼珍貴的龍鳳湯……臣應該在自己品嘗之前先獻給陛下的，是臣考慮不周！」

龍鳳湯？聽到菲力斯出乎意料的懺悔，我不禁咳了一聲。哎呀，上次說為了強身健體去找龍鳳湯，看來是真的找到了。

克洛德看起來也很驚訝。

「龍鳳湯？」

「臣最近身心俱疲，想要補身體所以尋來了東方的補藥。沒想到陛下會如此憤怒……不、不是的，這都是臣愚蠢的錯！明明陛下年紀更大，應該更需要進補的！」

只見克洛德的眉毛微微一動。

「與陛下相比，臣的辛勞是如此微不足道，怎麼可以有如此愚蠢的想法。這是臣的疏忽！請您責罰！」

菲力斯！太危險了！我對著從克洛德身上散發出的陰暗氣息吞了吞口水，但菲力斯似乎還沉浸在自責之中，從而忽視了危險將近。

克洛德的聲音隨即陰沉地響起。

「那麼，龍鳳湯味道如何？」

「並不美味！那是來自東方的補藥，據說不合歐貝利亞人的口味，果真如此。剛嘗了一口，那味道極為腥臭、極其難吃……臣想著是補藥便硬著頭皮吞下，結果接下來三天胃都非常不舒服。」

「是嗎？那麼難吃啊。」

話音剛落，菲力斯似乎立刻意識到了什麼，急忙補充說明。聽他的這番說詞，似乎以為克洛德對龍鳳湯感興趣。

「啊，但良藥苦口，也許陛下品嘗後會覺得可以接受……」

「菲力斯・羅培因。從今天開始，朕命令你每天都要喝龍鳳湯。」

「什麼？」

「一天都不准落下，否則將會有更嚴厲的懲罰。」

而後，我們便被一臉陰沉的克洛德趕了出來。唉，我明明是來安慰克洛德的，結果反而讓他更不高興了。我側頭看向菲力斯，卻發現他臉上滿是感動，讓我不禁大吃一驚。

「陛下竟如此關心臣屬的健康，親自賜予臣龍鳳湯……」

呃，這不是那個意思吧？剛剛克洛德不是說「一天都不准落下，否則將會有更嚴厲的懲罰」嗎？不是「嚴厲的懲罰」而是「更嚴厲的懲罰」？那不就意味著叫你喝龍鳳湯本身就是一種懲罰嗎？

「我，菲力斯・羅培因，將來也將全心全意地為陛下效忠！」

看著菲力斯大受感動的模樣，我實在無法殘忍地潑他冷水。事實上，就算我說了，以他現在的狀態，恐怕也是左耳進右耳出……那、那這算大家都獲得幸福結局了吧？畢竟克洛德按照自己的想法給了菲力斯懲罰，而菲力斯卻把它當成獎賞……咳咳，我帶著眼眶泛淚的菲力斯離開了克洛德的宮殿。

❖❖❖

「哎呀，原來發生了這樣的事啊？」

那天晚上，聽完我的故事後，莉莉捂著嘴笑了。她似乎覺得今天發生的事很有趣。仔細想想，我也覺得有點好笑，忍不住跟著莉莉一起咯咯笑了起來。

「所以說，菲力斯從明天開始每天晚上都要喝龍鳳湯了。」

「那麼，綠寶石宮的晚餐就要少準備一份了。」

看著莉莉帶著柔和笑容的臉，我忍不住問道。

「莉莉，妳不想結婚嗎？」

突如其來的問題似乎讓莉莉非常意外，她停下手中整理被褥的動作，看著我。

「我沒關係，但如果您遇到良人，想結婚也是可以的。」

菲力斯也是，莉莉也是，大家都因為我的關係還保持單身，這點讓我總是很在意。當然，每當我這麼說，他們都會說不是那樣的，讓我不用擔心。其實小時候我還想過菲力斯和莉莉會不會結婚，但那樣的事並沒有發生。菲力斯在歐貝利亞被譽為「紅血騎士」……嗯。總之，他是個眾所周知的騎士，而莉莉也是我的親信侍女，他們如果願意，應該隨時都能遇到好的姻緣。我不禁開始思考，是不是我的存在剝奪了他們的自由。

但莉莉總是以她一貫溫柔的笑容回答。

「我最想做的事就是照顧公主殿下，從來沒有考慮過結婚的問題。」

是的，菲力斯也說過和莉莉類似的話。但無論如何，我還是很擔心。儘管在說這些話的時候，我也希望她能像現在這樣，不要去任何地方，繼續留在我身邊。

「如果有個像莉莉一樣的孩子該有多好啊。」

如果莉莉真的有了孩子，她一定會成為一位很好的母親，就像她現在對我這樣。

「有公主殿下就已經足夠了。」

莉莉總是這麼說，我也會不由自主感到開心，難道因為我是個壞孩子嗎？

「我也覺得莉莉就像我的媽媽。」

「黛安娜殿下會失望的。」

「嗯，所以我有兩個媽媽，真是太幸運了，對吧？」

看著我露出的燦爛笑容，莉莉暫時停下動作，隨後便用手溫柔地撫摸著我的頭。莉莉的眼睛有些濕潤，我則對她回以溫暖的笑靨。

❖❖❖

「看起來真的很不正常，對吧？」

我坐在花樹的樹枝上，望著下面的人們，然後像旁邊的路卡斯問道。

「確實不太正常。」

路卡斯也同意了我的看法。我用有些沉重的眼神望著人群中心的珍妮特。

「這是我為瑪格麗塔小姐精心挑選的禮物！」

皇宮外正處於少年少女促進友誼的高峰期。我在兩天前參加了藍寶石宮的晚宴，今天的野餐便找藉口婉拒了。但無論怎麼看，這都不像是少年少女們的聯誼，更像是為了珍妮特特別舉辦的活動。現在又有人送了禮物給珍妮特。當然，這本身並沒有什麼問題，關鍵是從前一段時間開始，人們的行為突然發生了變化。雖然可能僅僅是因為他們終於認識到珍妮特的魅力……但我心裡仍感到一陣不安。

我和路卡斯一起坐在花樹的枝頭上，他的目光也瞥向了我正在看的地方。隨後，他百無聊賴地露出了一絲譏諷。

「還以為準備了什麼大禮，結果這禮物簡直太粗糙了。」

咦？是在說珍妮特收到的禮物嗎？

「他送了什麼禮物？」

「是個悲慘的傢伙準備的悲慘的東西。」

給第一次見面的人送禮就被說成悲慘，這也太過分了吧？那個人到底送了什麼才讓他這麼說？我真的很好奇，但禮物已經被放到我看不見的地方了。

「妳打算怎麼處理那個奇美拉？」

突然，路卡斯開口問道。是、是我的錯覺嗎？為什麼那眼神像是在說「不如現在就把她處理掉」？

「今天天氣真好，花開得多美啊。」

「花再怎麼美，也比不上瑪格麗塔小姐的美麗。」

我俯瞰著下面享受野餐的人們。

「不可能永遠這樣下去吧。」

我也知道那只是我個人的私心。如果可以，我真的很希望能像現在這樣平靜地繼續下去……但在另一種意義上，那只不過是維持表面和平罷了。畢竟珍妮特不可能接受這種事。

「算了，反正很快就會解決，不用太煩惱。」

「什麼？那是什麼意思……」

「我們也去玩吧。」

就在這時，路卡斯說了句我聽不懂的話。我正準備開口反問，但路卡斯的動作顯然更快。

「啊，等一下！」

一如既往，這句「等一下」依舊沒有任何效果。下一刻，我便抓著路卡斯的手在空中漫步。我們剛才坐著的花樹上，花瓣紛紛落下。

「哎呀，看來剛才有鳥兒在這裡停留。」

看著天空中飄落的花瓣，下面傳來了細語般的呢喃。

「至少預告一下再動作啊！」

「幹嘛像個新手一樣？」

當然，之前也和路卡斯這樣在空中……不是浮在空中，應該說是在空中行走。無論如何，我已經有過類似的經驗，並沒有感到特別驚訝。路卡斯就是知道這點，才對我的抱怨嗤之以鼻。

「但我們要去哪裡？」

出於某種直覺，我覺得這傢伙前進的方向有些可疑。

「妳剛才不是說想去看看那個湖嗎？」

「啊，雖然是這樣……啊！」

路卡斯突然帶我下降到湖中央。雖然在陽光的照耀下，像銀盤一樣波光粼粼的湖面看起來很美，但我並不想這麼近距離觀賞啊！

「難道妳在害怕？」

路卡斯看著我，似乎覺得我的反應很有趣。正如他所說，我正在瑟瑟發抖。啊，之前還只是在空中行走，現在是要在水上了嗎？

「這、這不太好吧。」

當然，我會游泳，但不想掉進水裡又是另一回事。從遠處看，這座湖看起來也沒很大，但實際站在湖中央，感覺就像是身處在無垠的大海上。我緊緊抓著路卡斯的手，懸浮在半空中，而先踏上水面的他則是看向我，忍不住笑了出來。他顯然是在嘲笑我。

「妳的姿勢真是新奇，如果是想逗我笑，那妳成功了。真想解除隱形魔法，讓其他人也看看。」

「如果你解除了，我會死的！」

我偷偷往下看著路卡斯站立在水面上的樣子。看起來，比我想的要安全一些……

「你不會突然開玩笑把我丟下去吧？」

「為什麼要把妳丟下去？」

似乎覺得我的擔心太過多餘，路卡斯不以為意地哼了一聲。

「剛才明明還在空中漫步，幹嘛突然戰戰兢兢、畏畏縮縮。比起腳下空無一物，有水不是更好嗎？」

那、那倒是啦。我這容易受影響的個性很快就被說服了。畢竟剛才還在天上走，在水面上走應該也沒什麼大不了的。在路卡斯的催促下，我終於邁出腳步。

「哇，可以……真的可以！」

見我大驚小怪的模樣，路卡斯一臉「看看這傢伙」的表情站在一旁。

「水面好像果凍喔！」

這和空中行走的感覺完全不同！就像踩在橡膠上，又像踩在果凍上。每走一步，腳下都會一陣搖晃，感覺非常奇怪。

「現在就像站在布丁上，不覺得嗎？」

「妳還真是喜歡吃。」

這傢伙！我剛瞪了他一眼，就見路卡斯咧嘴一笑，隨手在空中一揮。

「這是為了貪吃的公主殿下特別準備的。」

接著，我只能呆呆地看著眼前發生的一切。一開始是憑空出現的圓形茶几，而後是一條潔白桌布將它覆蓋。圓盤、叉子和玻璃杯等餐具彷彿在我眼前跳舞般，叮叮噹噹地自空中浮現。

匡噹——

這次是一座三層甜點架。我目瞪口呆地看著各種顏色繽紛的甜點將它填滿。不僅如此，桌上還擺滿各式各樣適合當下午茶的蛋糕、布丁、餅乾和果醬等等。一個茶壺自動往杯子裡倒入香氣四溢的茶水，糖罐和茶匙從旁邊一併浮現。

隨後，桌子中央的水晶花瓶中，粉色的花朵自動綻放。潔白的桌布也撒上了淡黃色的花瓣。當我終於回過神來，已經不由自主地在桌子前坐下。

「這、這些都是什麼啊？」

我完全驚呆了。啊，椅子是什麼時候出現的？而且我居然連坐下的記憶都沒有！先不說那個，眼前這些豪華的茶點簡直太不真實了。我還處在震驚之中，一旁的路卡斯卻顯得非常自在。

「第一次參加茶會嗎？妳不是經常和其他人一起參與？」

「完全不一樣好嗎！」

我怎麼可能經常和其他人一起進行這種活動！怎麼看都不一樣好嗎！首先，我們現在完全是漂浮在水面上，這種在湖面上進行的下午茶會哪可能舉辦啊。此時此刻，坐在寬闊的湖水中央與路卡斯面對面，讓我再次感到一陣無言。

「這好像有點瘋狂啊。」

我環顧四周，呆呆地自言自語。媽呀，這種瘋子一般的舉動我還是頭一次見！在水面上行走已經讓我夠震撼了，更不用說現在還在水上進行這樣的茶會？

「把這當作一種教學吧。妳需要意識到自己已經不再是個普通人了。」

最近，偶爾會指導我魔法的路卡斯總是這麼說。就像世代繼承的大富翁和突然中樂透成為暴發戶的人之間的差異，這大概就是我與大魔法師之間無法逾越的鴻溝。看來就算是第二次人生，且還能使用魔法的我，思維依舊沒有脫離普通人的範疇。而與我不同，路卡斯從以前就經常做出我想都不敢想的事。

哈哈，真是的。我依然十分錯愕，低頭看著眼前的桌子。這簡直是一座燦爛的甜點聖地，而路卡斯已經開始喝茶了。

「但旁邊這東西有點破壞氣氛。」

「它個性纖細，很容易受傷，知道嗎？」

我不悅地看著一旁的紙偶。顯然，它應該是用來代替侍從或侍女的，但直接用魔法不就好了，何必搞這種形式主義？哎唷，居然還戴著蝴蝶結？乍一看，它好像就是以前陪我練舞的紙偶。嗯，也可能不是。但無論如何，外觀和那時的紙偶一模一樣，你以為我會上第二次當？

「真搞笑，你上次不是說它聽不懂人話？」

「這是升級版。看，聽到妳的話，它現在都快哭了。」

「啊，真的嗎？」

「妳居然相信？」

我成了上當兩次的傻瓜。我氣呼呼地瞪著路卡斯，他則咯咯笑著讓旁邊的紙偶消失了。但即使這樣對路卡斯生氣，周圍的風景也美到讓人無法心懷怨懟。看來無論好壞，跟路卡斯在一起時，永遠都不會無聊。

「哇，可以看到下面有魚在游泳耶。」

「因為是湖，這是理所當然的吧。」

「牠們不會突然跳上來吧？」

「要我讓牠們消失嗎？」

「消失什麼啊？要尊重生態！」

我一邊訓斥路卡斯，一邊欣賞著周圍的風景。水面隨著淺淺的水流閃耀著寶石般的光芒，湖畔到處都是盛開的白色花樹，感覺我們就像身處在某種天堂一般。

「湖面閃閃發光，真漂亮。」

但和路卡斯這樣獨處，我的心情卻逐漸變得有些微妙。這、這不是有點像約會嗎？不，不是的。平時我們兩個人聚在一起也不是第一次了。或許只是眼前的景緻讓我產生了這樣的錯覺。

「確實。」

不過這種想法，只在我與路卡斯眼神相遇之前短暫存在片刻。

「就像妳的眼睛一樣。」

路卡斯托著下巴，慵懶地對我微笑。那一刻，我不知為何竟說不出話來。是因為路卡斯展現出完全不像他的溫柔嗎？還是剛才那句話完全出乎我的意料？我不知道為什麼會這麼尷尬，只能不停眨著眼睛，急急忙忙開口。

「不、不要說些奇怪的話，快點吃吧！」

「我看著妳吃就很滿足了。」

然而，路卡斯對我的反應顯然更加感興趣，故意繼續調戲我，直到我終於忍不住把蛋糕硬塞進他嘴裡為止。

❖
❖
❖

不久之後，在使節團返回亞勒蘭大前，舉行了最後的歡送宴會。

「阿塔娜西亞．德伊．安傑爾．歐貝利亞公主殿下駕到！」

我在響亮的呼喊聲中步入宴會廳。

「菲力斯．羅培因爵士駕到！」

因為克洛德在宴會中途才會到場，今天是由菲力斯負責護送我前往會場。

「您今天依舊非常美麗動人呢，公主殿下。」

他一進入會場就再次向我獻上讚美。感覺有點害羞，但我確實很美沒錯。啊，雖然有點自我吹噓，但隨著年齡增長，我的美貌確實越發光彩奪目，連我自己都覺得很不可思議。再次向賦予我優秀基因的爸爸媽媽表示尊敬！

更何況今天是亞勒蘭大使節團離開前的最後一場宴會，侍女們簡直用盡渾身解數興奮地裝扮我，那幅場景，想必你們是無法想像的。尤其是瑟絲和漢娜，更是特別賣力認真。按照「主角總是最後出場」的基本原則……不是，只是準備時不小心晚了點，所以當我抵達大廳時，大部分賓客已經到齊了。

「公主殿下，您今天實在太美了。」

「如果不介意的話，待會能否與我共舞？」

啊，他們又圍上來了。

我現在已經能習以為常地以微笑回應大家的問候。雖然現在大家只是聚在一起閒聊，但過一會兒就得到舞池裡跳舞了。而我今天也沒打算在舞池待太久，只計畫和菲力斯跳完一曲就離開。

「菲力斯，先跟你說對不起。」

「沒關係……」

只不過，他的臉色已然顯露出些許憔悴。唉，我的舞技自從初次社交舞會後就沒有多大進步，總是忙著踩在舞伴的腳上。還好表面上看不出來，也不知道該說是幸還不幸？所以呢，菲力斯今天將成為我的祭品。啊，難道克洛德是不想和我跳舞才故意遲到的嗎？如果是這樣，那就是赤裸裸的背叛！

「沒關係的，公主殿下。畢竟臣每天都有享用大補之物，努力強健體魄、滋養身體。」

是、是在說龍鳳湯嗎？但無論怎麼養生，除非你的腳背變厚……

「今天就請隨意地踐踏臣吧！」

「好、好吧……」

既然他自己都這麼說了，我也不好打擊他的決心。

「阿塔娜西亞公主殿下，願歐貝利亞的繁榮與您同在。」

「願歐貝利亞的星辰被榮耀與祝福庇祐。」

就在這時，百合少女與她的舞伴一同向我致意。啊，感覺好久不見了。她身旁的是與百合少女有著兄妹關係、同樣聲名遠播的「花公子」。

「海雷娜小姐，還有伊萊恩公子，好久不見了。」

「這段時間沒見到您，讓我們甚是想念。」

百合少女說她因為嚴重感冒，所以一直無法外出。

「今天的公主殿下也是如此美麗。」

「哈哈……謝謝你。伊萊恩公子今天也非常帥氣。」

呃啊，太耀眼了。花公子背後今天也散發著絢爛的光輝，他確如他的綽號那樣擁有極為俊美的外貌。被像他這樣的美人稱讚，我總會感到有些不好意思。

「紅血騎士大人也好嗎？」

「哈哈……」

被百合少女當面提起那讓人尷尬的綽號，菲力斯只能尷尬地笑了笑。

「那邊是不是發生了什麼有趣的事？」

隨著她的目光，我看到一群人正圍在一起，站在中心的人是最近風頭正盛珍妮特。

看到這一幕，花公子開口說道。

「是瑪格麗塔小姐呢。」

「哇，瑪格麗塔小姐竟然受到如此熱烈的歡迎。公主殿下，看來我在府邸休養的期間發生了很多事情呢。」

長時間沒有參加聚會的百合少女和花公子一臉好奇。也對，畢竟直到上次的狩獵大會為止，沒人能想到會出現這樣的場景。

「要不要一起過去看看？」

「好啊。」

反正在克洛德到來之前我也無事可做，於是我帶著菲力斯與他們一起走了過去。但前進途中，許多人向我搭話問候，讓我不得不數次停下腳步。

「大家都玩得盡興嗎？」

一看到我，眾人便熱情地迎接。一位可愛的少女站在眾多貴族子弟杣名媛中間，向我露出了帶著歉意的笑容。

「公主殿下，願歐貝利亞的祝福與您同在。我本應先去向您問候的，真是非常抱歉。」

珍妮特代表大家像我致上歉意。

「你們好像在分享有趣的故事呢。」

「是的，大家跟我分享了各式各樣神奇的故事。」

我對珍妮特微笑著，同時悄悄對周圍的人施展了淨化魔法。這次不是單一個體，而是同時對多人施展魔法，為此需要擴大施法範圍。

「咦？怎麼突然感覺到一股涼意。」

「頭腦好像變清醒了。」

「奇怪，是我的錯覺嗎？」

魔力波動如漣漪般漾開，周圍聚集的人們紛紛小聲嘀咕。珍妮特似乎沒有意識到我暗中的舉動，對人們的反應感到十分困惑。啊，看來她確實不知情。我在心裡稍稍鬆了口氣。

「克洛德．德伊．安傑爾．歐貝利亞皇帝陛下駕到！」

聲音傳來的那一刻，我看到珍妮特漂亮的藍色眼睛轉向入口。短暫地凝視她的臉片刻，我便轉身離開。場內眾人都對克洛德鞠躬致意，我順利地穿過人群直接走向他。

「爸爸您來啦？」

「嗯。」

克洛德抬手一揮，宣告宴會正式開始。方才暫停的音樂也再次開始演奏。

「公主殿下。」

呃，現在輪到我踏入舞池了。

「我會待在賓客席，妳就盡情跳舞吧。」

什麼叫盡情？明明知道我不怎麼喜歡跳舞。我偷偷對克洛德開口。

「如果爸爸覺得遺憾，不如和我一起共舞如何？」

「罷了。」

只見他二話不說，冷漠地拒絕了我的提議。唉，這個一點都不委婉的男人！沒能解救菲力斯，我撇撇嘴轉過身。但菲力斯似乎從一開始就沒抱什麼希望，依舊帶著一臉無奈的表情。最後他像終於下定了某種決心，堅定地說道。

「沒關係，就趁此機會，讓臣好好展現您御賜之物的價值吧。」

呃，你不要像在發誓一樣說話啊。跟我跳個舞幹嘛像奔赴戰場對抗十萬大軍似地那麼緊張，我該怎麼辦？啊嗚。

「呃啊！」

於是，我今天也盡職盡責地踩在菲力斯的腳上。

「沒、沒關係，這種程度我完全可以承受。畢竟龍鳳湯的效果……啊！」

而且，我不像幾年前還會因為感到抱歉而小心翼翼，現在我已經能隨心所欲地移動了。既然無論如何都會踩到腳，那至少要讓表面上看起來優雅一點吧？啊，看來這些年我的技能似乎朝著奇怪的方向發展了呢——即使踩到對方的腳，也能像水流般自然過渡到下一個動作且不會被絆倒或搖晃！但、但這並不是說我真的毫不在乎他人的死活！真的！我現在還是對菲力斯感到非常抱歉，啊嗚。

啪啪啪！

無論如何，我就這樣成功地以被舞蹈老師極力盛讚的優雅姿態完成了動作。

「菲力斯，辛苦你了。」

「不辛苦……」

音樂結束後，我輕拍著菲力斯的手臂。比起跳舞前那堅毅的模樣，他現在明顯臉色憔悴、步履蹣跚。看來龍鳳湯沒什麼效果啊，嗚嗚。

哎呀，那是什麼話？對菲力斯來說，這短短五分鐘可能就像五小時一樣漫長。坐在王座上、手托著下巴慵懶地看著我的克洛德，顯得有些昏昏欲睡。喂，大哥，要不要你也跟我來一曲？這可是會讓你直接精神百倍呢！

「這麼快就結束了？」

「爸爸也想和我跳一曲嗎？」

「如果妳不穿著武器的話，我可以考慮一下。」

竟然把我的舞鞋當成武器！旁邊的菲力斯似乎回想起剛才的情景，驚慌地搖了搖頭。啊嗚，克洛德肯定是不想被我踩到，才故意把跳舞的任務推給菲力斯。

「克洛德皇帝陛下，還有阿塔娜西亞公主殿下。」

這時，塞洛伊德公爵走了過來。

「感謝您為我們的使節團舉辦如此隆重的歡送會。」

他似乎是代表著使節團前來致意。寒暄完之後，塞洛伊德公爵便開始長篇大論地談論今天宴會有多麼精彩盛大、他們在歐貝利亞停留期間享受到了多麼舒適美好的時光，以及這次兩國會面所帶來的外交益處等等。聽著那些毫無靈魂的發言，克洛德終於簡短開口。

「希望你們最後能享受美好的時光。」

作為使節團的歡送會，皇帝不應該像塞洛伊德公爵那樣詳細地說些感想什麼的嗎？但使節團既不是第一次前來，對克洛德的反應也不怎麼不陌生。塞洛伊德公爵似乎知道克洛德總是如此，只是笑著表示感謝後便退開了。但在離開前，他不知為何看了我一眼，嘴角露出一絲笑意。

「真可惜，明明與我們戴斯殿下是天造地設的一對……」

他自言自語似地嘟囔著，而我則偷偷撇了撇嘴。他居然還沒放棄撮合我和他們皇子。不過這一切顯然皆是徒勞。

「塞洛伊德公爵，請不要氣餒。世上之事往往無法全然如人所願，不是嗎？」

正巧來向克洛德問候的小白叔叔對著塞洛伊德公爵露出了勝者的微笑。塞洛伊德公爵似乎對此相當不悅。看著他們，我不禁感慨，他們還真是一對悲催的對手。

「我會待在這裡，妳自己去玩吧。」

「爸爸一個人不會無聊嗎？」

克洛德似乎真的很不耐煩，揮了揮手讓趕快我回去。一定是因為和我在一起會吸引更多人過來。唉，沒辦法，看來今天爸爸真的很累，我得自己去應付那些人，爸爸就繼續保持那副威嚴的樣子安靜地坐著吧。

「陛下等會會暫時離席。」

「為什麼？」

「他覺得會場內太悶了。反正宴會已經進行到中段，即便陛下不在也不會有什麼問題，不過公主殿下您還在這裡，他說稍後就會回來。」

哎呀，如果真的那麼累的話，就不用再回來了嘛。我已經這麼大了，幹嘛還像看著小朋友一樣照顧我。總之，爸爸就是太放不下心了。所有爸爸都是這樣嗎？不過被克洛德這般關照，我並沒有不高興。話說，在我和菲力斯交談時，珍妮特卻消失了。到底去了哪裡呢？我正想著方才施放的淨化魔法會不會太過強烈，正準備去看看時，伊傑契爾卻代替珍妮特出現在我的眼前。

「亞勒腓公子。」

我主動走向他，與此同時，伊傑契爾也轉過頭來看向我。只見他耀眼的金色瞳孔似乎因意外而有些動搖。

「阿塔娜西亞公主殿下，願歐貝利亞的祝福與您同在。」

今天你的臉也是光芒萬丈啊。好吧，就讓你來負責提升這一區的帥氣值吧。

「您知道瑪格麗塔小姐在哪裡嗎？」

「她在宴會中途感到身體不適，去露臺上休息了。」

「她的身體還好嗎？」

「只是有點低燒，請不用太過擔心。」

那樣啊，難道是因為魔力過度釋放？但不管怎樣，看來伊傑契爾知道珍妮特的動向。

他們是一直待在一起嗎？最近他似乎也對珍妮特格外關注，我本來還想是否應該偷偷打聽，看來此刻正是絕佳的時機。

「您是不是正要去關心瑪格麗塔小姐？」

「是的。」

他轉頭看向露臺的方向。但看到一群人湧入那裡，他再次開口說道。

「但即使沒有我似乎也沒關係。」

啊，看來那群人進入的就是珍妮特所在的地方。果然，從窗簾望去，可以隱約看到裡面有個人影，我還在奇怪為什麼他們要走進去呢。

「我本來期待著公主殿下是來問候我的。」

伊傑契爾將手中的玻璃水杯交給路過的侍從，而我正猶豫著是否也應該對他施展淨化魔法時，就聽他開口說道。

「原來是為了珍妮特。」

啊。我瞬間感到有些尷尬。我不是有意戲弄伊傑契爾，但他那期待後又失望的語氣讓我一時無話可說。

「我知道這聽起來很傻。」

我看著伊傑契爾帶著些許苦澀的微笑。

「但我有點羨慕珍妮特。」

看似擁有一切、完美無缺的少年竟會說出羨慕別人的話。

「不，不僅是珍妮特，我羨慕所有能獲得公主殿下關注之人。」

我無法準確地用言語來描述那一刻的感受。

在《可愛的公主殿下》中，男主角伊傑契爾和女主角珍妮特都是那麼地完美無缺，彷彿他們是童話故事中的主角般，擁有完美的幸福。

「希望能被公主殿下放在心上，是這樣的願望太過貪心了嗎？」

這與我在許久之前，首次發現書中那個冷酷無情的皇帝身上不經意流露出的人性時一樣。儘管我認為自己已經充分認知到現在所處的是現實世界，但實際上，我心中似乎仍將伊傑契爾和珍妮特視為書中的男女主角。

「我並不是想看到公主殿下這樣的表情。」

伊傑契爾對我笑了笑，那笑容卻刺痛了我不知所措的心臟。

「我希望能讓公主殿下開心，但這對我來說並非易事。」

說完，他向我伸出手。

「如果不失禮的話，我能否有榮幸與公主殿下跳支舞呢？」

繼菲力斯之後，這是我的第二支舞。此前我一直盡量避免在這種場合與伊傑契爾產生聯繫，但現在我卻猶豫著是否該拒絕他。

這時，周遭傳來了一陣騷動。

方。

嗯？發生了什麼事？就在我疑惑的同時，伊傑契爾的目光已越過我的肩膀，望向後方。

「很遺憾，公主殿下似乎有約了。」

低沉而帶著輕微挑逗的聲音在我耳邊響起。隨即，一股溫暖包裹住了我的手，我反射性地轉過頭，在看到那張臉的瞬間，我驚訝地張大了嘴巴。

「路……」

就在即將喊出他的名字前，我強行抑制住了口中的呼喚。路卡斯？你為什麼會在這裡？而且你這副模樣是怎麼回事？

「你……」

伊傑契爾也注視著抓住我的手的人。眉頭微皺的他，目光中浮現些許疑問。這也難怪，因為現在站在我旁邊的，是成年版的路卡斯。

「那麼，公主殿下。請賜予我成為您第一位舞伴的榮耀。」

說完這句話後，路卡斯輕吻了我的手背。我被成年版的路卡斯牽著，不知不覺走向舞池中央。等我回過神來，音樂已經開始了。

「你突然幹嘛啊？」

舞會中的人們竊竊私語著，目不轉睛地看著我們。我本人也對路卡斯如此熟練地握著我的手、帶領我跳舞感到十分驚訝。

「為什麼突然用成年的模樣出現？嚇了我一大跳。」

「我覺得今天會發生有趣的事，特意過來看看。」

在舞池當中，路卡斯顯得非常從容自在，彷彿他早已習慣成為萬眾矚目的焦點。

「如果我以小孩模樣現身，那個傢伙又會煩人地俯視我了。」

哎呀，我想起來了，青年版的路卡斯確實比伊傑契爾矮了一點。所以你是為了不讓伊傑契爾從上面看你，才選擇以原本的模樣出現？說到這……路卡斯穿著正式服裝的樣子我還是頭一次見，而且他看起來相當帥氣，以至於從剛才開始就有不少人目不轉睛地盯著他。當然，更不用說被這樣的路卡斯牽著一起跳舞的我。真是不可思議啊。

「啊，這麼一想，我到現在都沒有踩到你的腳呢？」

當我突然有了這個驚人的頓悟並大聲說出來時，路卡斯露出了一副狡猾的微笑回答道。

「我和那些人不一樣，我可是特別的。」

這一句話，讓之前那些被我踩過腳的舞伴們瞬間變成了普通人。哼，看來不管是迷你版、青年版還是成年版，路卡斯就是路卡斯。啊，好奇怪……為什麼我現在居然不敢正眼看他呢？

「對了……剛才珍妮特看起來有點奇怪，好像魔力過度釋放了……」

因路卡斯太過靠近而感到些許不自在，於是我轉移話題，談論起珍妮特。

「是嗎？」

「就這樣放著她不管沒問題嗎？」

下一刻，他的話讓我一時語塞。

「別管那個奇美拉了，把注意力放在我身上如何？」

我們的目光在空中相遇，他鮮紅色的眼眸調皮地閃爍著。

「我可是特地以妳喜歡的模樣來見妳呢。」

「誰、誰喜歡你啊！」

啊，他最近的臺詞和行為怎麼都這樣啊。把我搞得心情起伏不定有那麼好玩、那麼有趣嗎？

「我最喜歡迷你版的你，最不喜歡成年版的！」

外表成熟的他無端讓人緊張，現在手被他握著，我也一直擔心會不會出汗、表情會不會看起來很傻。

「那就這麼說定了。」

「什麼說不說定了……你到底有沒有認真聽我說話！」

但路卡斯根本沒把我的話放在心上。最終，我和路卡斯竟然連續跳了三支舞。唉，我從來沒有和同一個人跳過這麼多次舞。

「你不是討厭跳舞嗎？」

「嗯，討厭。」

那為什麼不放過我呢！路卡斯似乎也意識到自己的行為有些不尋常，沉思片刻後，他的回應讓我只能乖乖閉上嘴巴。

「但和妳這樣在一起很有趣。」

就像很久以前第一次見面時感受到的那樣，即使是成年男性，路卡斯笑起來的臉龐也真的很燦爛耀眼。這、這怎麼可能……我一直以為伊傑契爾的美貌最能無情地戳中我的內心，但成年版路卡斯擁有的美貌同樣足以讓我無力抵抗。好吧，如果你覺得有趣，那就算了。為了你這張臉，我願意犧牲我的腳！

「哇，天哪。那位英俊的人到底是誰？」

「看到公主殿下與他在一起的樣子，真是郎才女貌。那張臉似乎是初次見到，是哪個貴族家的公子呢？」

「這麼有存在感的人之前怎麼都沒有引起注意呢……」

周圍的竊竊私語越來越大，都在討論著路卡斯的身分。

這時，路卡斯皺了皺眉，小聲嘟囔。

「真吵。」

還不都是因為你！

我對路卡斯那種遲鈍的性格感到無奈，但他所指的，似乎並非會場內的喧囂。

轟隆——！

「咦？」

一股粗獷的魔力流動觸動了我的感官。

「發生什麼……？」

這熟悉又陌生的魔力波動究竟是……我環顧四周，其他人似乎完全沒有感受到任何異常，依然將目光投向我們。看見我們突然停下動作，他們顯得有些疑惑。

「我好不容易來到會場，但問題卻不在這裡，而是在外面。」

路卡斯有些不耐煩地嘟囔。是我的錯覺嗎？他似乎早已預料到會發生這種情況。

「那就走吧！」

去哪？但在我提問之前，路卡斯已經握住我的手華麗一轉。

剎那間，眼前景象瞬息改換。

「不可能……這不可能！」

下一刻，映入眼簾的，是珍妮特崩潰尖叫的身影，以及站在她面前、神情冷漠的克洛德。

Chapter XVIS 舞臺上的木偶

「瑪格麗塔小姐，我想邀請您來參加明天的茶會，您有空嗎？」

「之前都不知道，瑪格麗塔小姐講的故事真是有趣呢。」

「瑪格麗塔小姐，如果不失禮的話，能在宴會時邀請您作為舞伴嗎……」

「瑪格麗塔小姐……」

珍妮特從未想過呼喚自己的聲音竟會如此美妙。近來，她感覺到人們對她的態度變得異常友好。每個人都笑臉相迎、友善地對待她，這種感覺讓她好似被幸福包裹。

「瑪格麗塔小姐也喜歡德布尼克的紅茶對吧？」

「是的，沒錯。」

「我們品茶的喜好很相似，下次來我家時，我會泡我珍藏的紅茶給您喝。」

不久前在狩獵大會上，因為「把珠寶托付給僕人是否不安全」的話題，珍妮特與羅莎莉・赫爾曼之間形成了略微尷尬的氣氛，但現在她卻表現得非常親切。

「謝謝，我真的很高興。」

珍妮特因開心而嘴角上揚，露出了笑容。這時，羅莎莉掩住嘴巴，發出了一聲驚嘆，似乎有些抱歉地說道。

「我之前怎麼沒發現瑪格麗塔小姐這麼可愛呢。」

隨後，在場其他人也都附和了起來。

珍妮特忍不住紅了臉，感到既尷尬又害羞。突然成為眾人關注的中心讓她有些不自在，但她並不討厭。不……或許這才是正常的？她原本應該屬於這裡嗎？即便感到有些莫名，但這樣的想法仍不斷在她腦海中盤旋。現在，所有錯置的事物似乎都慢慢回到了應有的位置。

「如果今天公主殿下也在就好了。」

就在那時，一位名媛遺憾地嘟囔。珍妮特的指尖不由自主地輕微一顫。

「真的呢。但公主殿下忙於魔法陣的研究，也沒辦法。」

「我聽說修改魔法陣本身就是一件大事，而公主殿下還直接與塔之魔法師們交流，一起研究，真是了不起呢。」

「說起來，阿塔娜西亞公主殿下從小就被說是天才，以擁有與學者媲美的知識而聞名的對吧？」

「去年在希拉托倫舉辦的『智慧之殿』中，聽說公主殿下與歐貝利亞的學者們進行了平等的辯論。」

「唉，阿塔娜西亞公主殿下真是太完美了，難怪陛下那麼寵愛公主殿下，也有那麼多貴族仰慕著公主殿下呢。」

不知不覺間，話題轉移到了阿塔娜西亞公主身上。啊，不知為何，有點不開心……在無意中浮現這種想法的瞬間，珍妮特驚訝地眨了眨眼睛。那一刻，她身上短暫閃過了其他人看不見的黑色光芒。

「啊，對了。說到這個，最近亞勒腓公子對瑪格麗塔小姐似乎比以前更加親切呢。」

談論著阿塔娜西亞公主的名媛轉頭向珍妮特微笑道。

「是這樣嗎？感覺和平常差不多啊。」

「當然，亞勒腓公子平時對瑪格麗塔小姐也很親切。看來您對他真的很特別呢。」

眾人紛紛表示同意，而珍妮特害羞地露出笑容。

❖❖❖

隨著這樣的日子不斷持續，珍妮特的臉色與以前相比明顯明亮了許多。從來不喜歡獨自行動的她，為了見伊傑契爾而直接前往藍寶石宮。因為平時和阿塔娜西亞公主關係親密，經常進出皇宮的珍妮特很快就得到了許可。

走向藍寶石宮的途中，珍妮特遇到了一位熟悉的人。那是一個穿著塔之魔法師裝束、擁有黑髮紅瞳的少年。每次與名媛們見面，他總會和伊傑契爾一起被提及。每每看到他，珍妮特都無比確信他是位非常帥氣的魔法師。她突然想起名媛們為他取的、「孤獨的黑狼」的綽號，不禁輕笑出聲。對面的人似乎沒有發現她，打算就這樣擦肩而過，於是珍妮特率先開口打了聲招呼。

「您好，路卡斯先生。您是要去黑塔嗎？」

如果是在不久前，對於幾乎不認識的人，她絕不會這樣主動友好地打招呼。但最近見了許多人，且每次都會受到熱烈關注，讓她不再擔心可能會被無視。而且，她偶爾會在阿塔娜西亞公主殿下的宮殿遇見眼前這個人，不知為何對他總是感到格外親切。

對方沒有認出她，只想徑直走過去，也許是沉浸在其他思緒中而沒有看到她吧？一想到最近那些爭先恐後向她表達友好和善意的人，她不禁這般思考著。看來她的想法是對的，路卡斯轉過頭來回應了她的問候，但從他口中吐露的話語，卻與珍妮特想像中不同。

「我好像沒有允許妳隨便叫我的名字。」

極其平淡冷漠的聲音，讓珍妮特不由自主地睜大眼睛。可能是眾人一直以來都對她十分友好，面對這種反應，她感到非常陌生。而且，這個人原來就是這種性格嗎？在公主殿下面前，他似乎更容易相處的樣子。

「啊，抱歉。因為公主殿下是那樣稱呼您的。」

「妳不是公主殿下。」

珍妮特瞬間啞口無言。當她與那雙紅色瞳孔對視，不由自主地吃了一驚。那雙冷酷眼睛盯著她的瞬間，她甚至變成了比路邊的石頭還不如的存在。對他來說，比起在其他人面前表現出的禮貌語氣，現在的輕蔑似乎更適合他。因此，珍妮特甚至沒有勇氣質問這種無禮。突然，對方臉色一變，眉頭皺了起來。

「還是一如既往令人不悅，老是糾纏不清。」

「什麼？」

「沒什麼。」

他像試圖甩掉圍繞在身邊的蟲子或塵埃一般，帶著一絲厭惡地揮動手臂，然後重新邁出步伐。

珍妮特短暫地注視著他的背影，隨後便轉身離開。真奇怪。為什麼那位魔法師要這樣對我呢？現在大家都對我很好，大家都喜歡我了。為什麼那個人還是……只對阿塔娜西亞公主殿下……想到這裡，她的思緒開始一陣混亂。

不久後，珍妮特走進了藍寶石宮。裡面的使節團成員看到她，都熱情地表示歡迎。從他們口中得知了卡貝爾和伊傑契爾的位置，不久後珍妮特就輕輕鬆鬆找到了他們兩人。她帶著些許憂鬱，走向正在花園一角交談的兩人。

「原來你要保護的人就是瑪格麗塔小姐啊。」

當卡貝爾的聲音掠過耳際，珍妮特倏然腳步一頓。

「但明明想保護的人是……」

沙沙沙。

正當卡貝爾想繼續開口時，一道細小的聲音讓他閉上嘴。

「瑪格麗塔小姐！」

很快，他便看到站在草地上的珍妮特，高興地喊了出來。珍妮特有些尷尬。儘管只有一小部分，她還是無意中聽到了他們的對話。

「珍妮特，妳來這裡做什麼？」

伊傑契爾似乎對珍妮特的出現感到意外。兩人似乎都沒有意識到珍妮特剛才聽到了他們的對話。

「聽說伊傑契爾在這裡，剛好叔叔也允許我出來。」

「最近父親確實不太拒絕妳的請求。」

伊傑契爾邊說邊輕笑著。不只其他人對珍妮特變得更加溫柔，包括亞勒腓公爵夫婦在內，宅邸裡的僕人們也幾乎不會拒絕她的請求。

「瑪格麗塔小姐，不只是伊傑契爾，我也在這裡。」

「是的，我也想來見見卡貝爾先生。」

「真的嗎？」

卡貝爾・恩斯特掩飾不住心中的喜悅，耳垂在不經意間逐漸泛紅。

「卡貝爾！」

但遠處的呼喚讓卡貝爾不得不含淚離開。呼喚他的是一起前來作為使節團護衛的騎士團團長，即使是不拘小節的卡貝爾也無法當作沒聽到。

「瑪格麗塔小姐，下次一定要再來喔！」

他似乎很不捨地對珍妮特這麼說，臉上帶著失落的表情跑開了。看著卡貝爾的背影，珍妮特忍不住笑了。

「他是個有趣的人。」

「我們也該走了。」

「對了，我一直想去皇宮的公共圖書館看看。」

聽到珍妮特這麼說，伊傑契爾轉過頭來看著她。

「妳以前從來沒去過那裡嗎？」

「沒有，一次也沒有。」

因為珍妮特只被邀請到綠寶石宮和藍寶石宮，且亞勒腓公爵一直告誡珍妮特，在宮中要特別小心自己的行為，不可隨意走動。而這大概是皇帝克洛德的原因吧。珍妮特這麼說時，臉上帶著淡淡的笑容。伊傑契爾的目光在她身上停留了一會兒。

「那我們就順路去看看吧。」

說著，他的手溫暖地將她的手包裹。珍妮特看著引領著她的伊傑契爾的背影。啊，果然……不知為何，眼前的人似乎對她更加溫柔了。當然，伊傑契爾一向對她很好，但他最近行動和言語，似乎變得比過去還要柔和，這會是她的錯覺嗎？

不久後，她望著站在窗邊的伊傑契爾陷入沉思。窗外灑落的陽光停留在他低垂的側臉，窗邊的黃色暖光將他的頭髮和睫毛染成了一片銀白，光線沿著高挺的鼻梁滑落，最後落在緊閉的唇上。

撲通、撲通，心跳逐漸加速。

從某一刻開始，每當她望著他，就會像現在這樣，心跳不自覺地加快。手中握著的書本稍微鬆開，在圖書館寧靜的景緻中，只有伊傑契爾是那樣地鮮明，但他到底在看什麼呢？

珍妮特隨著伊傑契爾低垂的視線望向窗外，眼睛不由自主地輕輕顫動。在陽光下閃爍光輝的燦爛白金色長髮和充滿笑意的璀璨寶石眼。在植物的新綠和花朵的繽紛中，阿塔娜西亞公主以她無與倫比的存在感昭示著自己的存在。珍妮特的視線再次移向面前的人，伊傑契爾的目光仍望著窗外。看著他深情的眼睛，珍妮特心中漸漸盪起漣漪。

她不自覺地開口呼喚他。

「伊傑契爾。」

——不要看。

聽到自己的名字，伊傑契爾轉過頭來，但珍妮特卻什麼話也說不出口。

「怎麼了？」

他只是靜靜望著她，輕聲問道。那聲音像往常一樣柔和，但是……

「啊……」

不一樣。那與方才望向窗外的目光不同。

「沒什麼。只是想說你可能會覺得無聊。」

「不會。」

那一定是為珍妮特考慮過的回答。儘管陪著她在皇家圖書館浪費時間，伊傑契爾也表示沒關係。也許是知道他剛才一直在看著阿塔娜西亞公主殿下，珍妮特感覺到他的話似乎隱含其他深意。這種感覺就像心中滾過了一顆銳利的小石頭。

「公主殿下和那位名叫路卡斯的魔法師。」

因為一時衝動，她忍不住脫口而出。

「他們似乎關係很好，聽說從小就在一起。」

她無法停下。

「有人說，公主殿下和那位魔法師之間不僅僅是普通的朋友關係。我也那麼覺得。每次我來到皇宮，偶爾會看到他們待在一起，公主殿下和那位魔法師的氛圍……」

但珍妮特無法繼續下去了。隨著這些話脫口而出，她越發不安焦躁，彷彿每說一句就令她作嘔。

不，我不想這麼說的。我現在到底想做些什麼？

「不、不是的……請不要把我剛才說的話放在心上。」

珍妮特沒有勇氣直視伊傑契爾的眼睛，匆忙轉身離開。剛才，她傷害了伊傑契爾，也貶低了公主殿下。這是她從未想過的事情。

——啊，我究竟是何時開始懷揣著這種醜陋的心思？

「珍妮特。」

伊傑契爾在她經過書架時攔住了她。

「發生什麼事了？」

「沒什麼。」

他凝視著她的臉，似乎想窺探她的內心。珍妮特不想讓他看見自己的表情，於是將頭垂了下來。

「我只是……」

她猶豫片刻，嘴唇微動，最終還是不知該說些什麼。她努力維持笑容，抬頭看向伊傑契爾。

「真的沒什麼。」

「珍妮特。」

「我們走吧。今天謝謝你抽空陪我。」

伊傑契爾臉上露出了不解的表情，但珍妮特將自己的手收了回來，率先邁開腳步。手腕上由繽紛線條交織而成的手鍊發出了輕微聲響。

❖❖❖

海雷娜．伊萊恩本是「孤獨的灰狼」賈爾埃公子的追隨者。賈爾埃公子以其灰色的頭髮和黑色的眼睛，被譽為歐貝利亞代表性的帥哥之一，擁有包括海雷娜在內的眾多女性粉絲。那沉浸在哀愁之中的黑色眼睛，彷彿總是凝望著遙遠的虛空，從背影中散發出無比孤寂的氛圍！

總之，賈爾埃公子擁有觸動女人母性的特質。因此，每當看到他，許多名媛都會感到莫名地悲傷，不由自主發出嘆息，海雷娜也是其中之一。然而，她的心在三年前徹底改變了。因為她發現了一位更加符合「孤獨的狼」這一稱號的人，不，是完美符合這稱號的人——那就是塔之魔法師路卡斯大人。

「哈啊，連名字都這麼帥。」

「對啊，那個名字真是太適合他了。」

「啊啊，就像隱藏在黑暗中的一束光，路卡斯大人的外號實在太適合他了！」

看來大家欣賞的眼光十分相似，崇拜路卡斯的名媛們也很多。平時路卡斯在皇宮內不太露面，真不知道這麼多名媛是從哪裡見到他，進而對他抱有如此迫切的心情。但海雷娜非常能夠理解她們。她自己不也是在阿塔娜西亞公主殿下的茶會上偶然遇見他，立刻感受到了強烈的命運吸引力嗎？

「我居然不知道路卡斯大人，反而去追逐賈爾埃公子……我的愚蠢真是讓人痛心疾首。」

「席拉小姐，別太自責了。我也一樣。」

「是啊，至少現在認識了路卡斯大人，我們應該感到慶幸。」

偶爾在祕密聚會上分享路卡斯故事的名媛們，回想起自己的黑歷史，都深深地嘆了口氣。現在想來，比起路卡斯，賈爾埃公子似乎缺少了某種決定性的東西。雖然不易用言語表達，但就是覺得少了那麼一點點的感覺。

以前怎麼就沒發現呢？畢竟那時她們還太過年輕，缺乏判斷力。和路卡斯大人那柔順的黑髮相比，賈爾埃公子的灰髮就像褪色的稻草；與路卡斯大那熱烈的紅瞳相比，賈爾埃公子的黑眸就像死魚的眼睛。而且最重要的，是那致命的氛圍！路卡斯大人那禁欲而慵懶、帶著頹廢卻又孤獨的氣息，賈爾埃公子平庸的背影根本無法比擬。

「哇，難道那位是……！」

「天啊，是『孤獨的黑狼』路卡斯大人的成年版嗎？」

「我是不是正在作夢啊？」

當她們在歡送使節團的宴會上看到那位與阿塔娜西亞公主殿下共舞的男士時，只能抓著快要不堪負荷的心臟，激動不已。

「難道是路卡斯大人的兄長嗎？真的是他哥哥嗎？」

「沒有血緣關係的話，怎會有如此相似的容貌！」

「哇，每次看到路卡斯大人穿著宮廷魔法師的裝扮，我的心都會狂跳不已，這、這是……」

與路卡斯極其相似的男人看上去大約二十歲出頭，穿著適合皇家宴會的精緻禮服。如果路卡斯再長大一些，成年後會是這種感覺嗎？平時就覺得他很帥氣，現在又加上了成熟男性的魅力和某種難以名狀的危險吸引力，就算只是靜靜看著都覺得心臟難以負荷。而當阿塔娜西亞公主殿下與他跳舞時，他還展現出彷彿要將一旦抹殺的俊美容貌和笑容，名媛們幾乎到了快要昏厥的地步。

「啊啊，這一生真是美好……」

「我再也沒有遺憾了……」

「啊啊啊……」

旁邊有些人看到像是要融化的她們，紛紛露出了怪異的表情，但她們完全沉浸在讚嘆之中，絲毫沒有注意到旁人的目光。宴會的氣氛就這樣逐漸升溫。

❖❖❖

「啊哈哈，我也有同樣的想法，珍妮特小姐。」

珍妮特在人群中燦爛地笑著。無論談論什麼，與對她釋出好意的人們在一起總是十分愉快。但當她突然想起之前看到的克洛德和阿塔娜西亞公主殿下，珍妮特的臉色稍微暗了一些。雖然不是第一次看到他們親暱的模樣，但心中無疑又有一塊沉重的巨石落下。

實際上，珍妮特昨天也因為她的父親，與亞勒腓公爵有過小小的摩擦。亞勒腓公爵在其他事情上幾乎對珍妮特百依百順，唯獨提到要將她的身分公開時顯得猶豫不決。近來，亞勒腓公爵也像其他人一樣對她變得更加溫和，所以珍妮特還是抱有些許期待，正因如此，被再次拒絕的結果讓她感到更加失望。

之後，亞勒腓公爵似乎非常不安，試圖阻止珍妮特出席今天的宴會。但聽到她迫切的懇求，他似乎又心軟了，最終還是同意讓她出席。因為這件事，珍妮特感到特別沮喪，在前往皇宮的路上，伊傑契爾還安慰了她。儘管意識到人們對她的溫柔十分不自然，但她心裡卻又覺得「所以那又怎樣」。

「怎麼了？」

當珍妮特偶然看向身旁，就聽伊傑契爾用溫柔的聲音問道。原以為他一到會場就會立刻去見阿塔娜西亞公主殿下，但他至今仍留在自己身邊。是的，沒關係。她可以再忍受關於父親的事一段時間，只要伊傑契爾能像現在這樣留在她身邊就好。

那一刻，珍妮特身上冒出的黑色氣息突然消失了。

「瑪格麗塔小姐，您的臉色比剛才暗淡了一些。」

「真的嗎？您身體不舒服嗎？」

周圍的人敏感地捕捉到她的情緒變化，紛紛擔心地慰問。

「稍微休息一下怎麼樣？」

「瑪格麗塔小姐的身體似乎不太好呢。」

聽到周圍人的話，珍妮特淡淡地笑了。

「看來還是休息一下比較好。」

她的模樣就像一朵柔弱的水芹花，讓人看了不禁感到心疼。

「那我就去透透氣。」

「瑪格麗塔小姐，那就跟我一起！」

「不，跟我吧！」

大家爭先恐後地要陪伴珍妮特。在眾人的關注下，珍妮特看向了身旁的人。

「伊傑契爾，你能陪我一起去嗎？」

她輕輕抓住了他的手臂。那力道非常微弱，就好似在這世上她只能依靠伊傑契爾。

伊傑契爾靜靜地看了珍妮特一會，隨即回答。

「好，我們出去吧。」

不久，兩人並肩離開了。如果是以前，旁邊的名媛定會投來嫉妒的目光，但現在大家都一心擔憂珍妮特。面對這種突發情況，並沒有任何人感到不妥。

「啊，真是涼爽啊。」

一走到露臺，涼爽的空氣立刻輕拂過臉頰。珍妮特慵懶地坐在為休息而事先準備好的舒適椅子上。

「伊傑契爾，你也坐下吧。」

伊傑契爾向她靠近，但並沒有坐在珍妮特旁邊，而是伸出手來。

「妳有點發燒。」

接觸到額頭的手像夜空般涼爽。珍妮特靜靜看著眼前的人。為什麼她想要的東西卻從來無法擁有呢？小時候，她總是和伊傑契爾在一起。無論是作噩夢或像現在這樣發燒而整夜輾轉難眠，醒來時總會看到伊傑契爾在她身邊。她每一天的起點和終點都是伊傑契爾，因此，在他前往亞勒蘭大時，她感覺世界就像崩塌了一樣。

或許那是她首次意識到，有些事無論如何努力都無法改變。儘管如此，她每天寄出的信件從未讓他厭煩，他也總是會回信。而他偶爾回到歐貝利亞並停留在宅邸時，也總是樂意把時間奉獻給她。然而，他的變化是從……大概是遇到阿塔娜西亞公主殿下之後吧。

「我們還是回去吧。」

「我還不想回去。」

原本被視為理所當然的事情不再理所當然，或許正因如此，她變得更加渴望。但即便沒有這些，她也一定會像現在這樣深深地將伊傑契爾烙印在心中。畢竟，這份感情是從何時開始的她已無從探究。

「瑪格麗塔小姐，您還好嗎？」

就在這時，有人突然打開露臺的門走了進來。

「卡貝爾，進來前敲個門怎麼樣？」

「聽說瑪格麗塔小姐不舒服，我怎麼能保持冷靜！」

聽著他大驚小怪的聲音，珍妮特淡淡地笑了。

「我沒事。只要稍微休息一下就會好的。」

「真的嗎？」

「那個東西您收到了嗎？」

「啊，還沒有收到。明明說會在會場外的燭臺前等，但我等了好久也沒有看到。」

卡貝爾．恩斯特在上次狩獵大會時弄丟了妹妹送他的禮物，後來聽說有人撿到了，於是他在宴會一開始就離席前往約定地點。但可能是被告知了錯誤的情報，或是在途中錯過，導致他最終空手而回，看起來很是失望。

「請不要氣餒。那位撿到的人應該也在宴會廳內，今天一定能見到的。」

「瑪格麗塔小姐，您的心地怎麼像天使一樣善良！」

卡貝爾似乎被珍妮特的安慰感動，眼眶不禁微微濕潤。

「珍妮特，妳現在的聲音好像有點沙啞。」

「是嗎？」

「我去拿點喝的給妳。」

說完，伊傑契爾便轉身離開。珍妮特不由自主地抓住了他的衣角。伊傑契爾轉過頭來，看了一會兒被她抓住的袖口，輕輕嘆了口氣。當珍妮特因那聲嘆息而愣住時，伊傑契爾脫下了外套，披在她的肩上。

「我很快就回來。」

旁邊的卡貝爾也跟著說。

「是的，瑪格麗塔小姐。在伊傑契爾回來之前，讓我陪您聊天吧。」

珍妮特默默看著伊傑契爾離開露臺的背影。即使他不在身邊，肩上的溫度和輕微的香氣就好像伊傑契爾還在一樣。

奇怪的是，每當看到他轉身離開的背影，珍妮特總感覺自己似乎永遠無法真正地抓住他。

「那個手鍊，您經常配戴著呢。」

這時，卡貝爾看著珍妮特手抓著衣服的動作，順勢說道。對於名媛小姐來說，如此頻繁地佩戴同一件飾品相當罕見，所以他十分印象深刻。而且，珍妮特手腕上的手鍊對於這種宴會來說，顯得格外樸素。

「是一位重要的人送給我的。」

珍妮特輕輕撫摸著手腕上的手鍊，小聲說道。

「啊，難道是伊傑契爾？」

「不是。」

聽到這個回答，卡貝爾更加好奇了，但珍妮特只是沉默地笑了笑。

「如果真心渴望，願望就能實現嗎？」

珍妮特隨口說著，眼神迷離地望著昏暗的夜空。她之所以取出多年來一直小心珍藏在盒中的手鍊，是想起了當初送給她這份禮物的人所說的話。

「我相信是的。」

「希望真是如此……」

微笑的珍妮特身後，黑色氣息再次湧動，但兩人都未曾察覺。

不久後，其他人也來到了露臺，是一些出於對珍妮特的擔心而特意前來的人們。珍妮特向他們表示了感謝，然後回到宴會廳尋找伊傑契爾。最近她的情緒波動很大，總覺得自己對他撒嬌過多，心中不免感到抱歉，所以她想在見到伊傑契爾後告訴他，她現在感覺好多了。然而，珍妮特卻看到了和阿塔娜西亞公主殿下在一起的伊傑契爾。

啊，那是她未曾擁有過的溫柔表情。珍妮特感覺自己從腳尖開始慢慢被水淹沒，窒息感逐漸襲來。他們彼此相望的身影是如此般配，似乎無人能插足。無論如何伸出手，她似乎都觸及不到那兩個人。

「瑪格麗塔小姐，您現在感覺如何了？」

面對愣住不動的珍妮特，其他貴族紛紛開口詢問。

「瑪格麗塔小姐？」

「不是……」

珍妮特嘴裡不知對誰呢喃著。

「我不是瑪格麗塔。」

在歡笑聲中，唯她一人被不幸簇擁。她無法接受令她如此痛苦的，正是她最愛的人。

❖
❖
❖

「恩斯特爵士，您在這裡啊。」

珍妮特離開露臺去找伊傑契爾後，卡貝爾獨自留在宴會廳的一角，臉上帶著些許失落。就在那時，有人開心地呼喊著向他跑來。

「這個精美的工藝品是恩斯特爵士的吧？自從狩獵大會後，我就一直保管著它。」

「啊！您是今天約我見面的人！」

看來是之前約定見面的地點有所混淆。失去的物品終於回到卡貝爾手中，他帶著感激的心情接過了劍飾。

哇！

咦？不知道是不是他的錯覺，握住工藝品的那一刻，似乎有種奇怪的感覺。啊？剛才他為什麼像條尾巴捲曲的小狗一樣跟著瑪格麗塔小姐啊？

「您怎麼了？」

「啊，沒什麼。」

卡貝爾在真心感謝對方幫他找回失物之後，便與那位男士告別。但那種不解的感覺仍然揮之不去。他完全不明白自己為什麼會如此愚蠢地跟在伊傑契爾的表妹珍妮特・瑪格麗塔身後，像是完全迷上她一樣。

「啊！今天是最後一天，我竟然還沒向精靈小姐打招呼！現在要回亞勒蘭大了，不知何時才能再見到她！」

這個突如其來的噩耗讓卡貝爾感到絕望，於是他開始動身尋找阿塔娜西亞公主殿下。

❖ ❖ ❖

「伊傑契爾喜歡阿塔娜西亞公主殿下，對吧？」

宴會廳外的走廊寂靜無聲。因此，珍妮特的聲音也格外清晰。阿塔娜西亞公主正在大廳內與一位形似路卡斯的男士跳舞。

「但公主殿下是不會回頭看伊傑契爾的。」

聽到珍妮特的話，伊傑契爾將目光轉向她。

「因為公主殿下非常溫柔，也非常體貼。」

此前無論發生什麼他都不會對她發火，但這次可能有所不同。珍妮特已經厭倦獨自受傷，她想傷害其他人，想讓他們感受到和自己一樣的痛苦。而且，她最希望讓那個明知自己心意卻裝作毫不知情的伊傑契爾也感同身受。

「公主殿下知道我愛你，她不可能接受你的。」

第一次大聲說出的真心話，深深扎進了自己的血肉。她並不想以這種糟糕的話語表達自己的感情，也不希望以這般難堪的方式向他展示自己的心。就像培養花朵般小心翼翼地澆水、曬太陽，將它視為無比珍貴的寶物精心培育……最終當它開出美麗的花朵並結出果實，她希望那時能向伊傑契爾坦白自己的心意。

「我想，直到我死去之前，伊傑契爾都無法得到公主殿下。」

——而那時，無論伊傑契爾如何回答，我都希望能夠微笑著告訴他。

「就像你從未回應我的心意一樣，公主殿下也絕不會回應你的心意。」

——即使你沒有和我一樣的感情，能夠遇見你我也非常幸福，這樣就足夠了。

「這樣我們就算是扯平了。」

——我希望你能與你心中所愛之人獲得真正的幸福。

「我們兩個，永遠都無法擁有真正想要的東西。」

但為什麼會這樣……也許伊傑契爾會厭倦她，轉身離開。或者他可能會露出冷漠蔑視的表情斥責她。這樣的想法讓恐懼如淺灘的浪花般湧入胸腔。令人驚訝的是，伊傑契爾這次依舊沒有動怒，但他冷冽的目光卻比任何利器更讓珍妮特感到難言的痛楚。

「珍妮特。」

平靜呼喚自己的聲音，讓珍妮特顫抖了一下。

「別以為我會永遠容忍妳的無理取鬧。」

他冷靜地陳述，既無憤怒也沒有惱怒。

但不知為何，這段話在她耳中聽起來更加冷酷。

「就像我曾經裝作不知道妳的心意一樣，妳也一直無視我的心意。」

語畢，伊傑契爾閉上眼睛。片刻過後，他再次睜開眼睛面對珍妮特。

「是的，也許我一直都在期盼這一刻能早點到來。」

剎那間，她的心情沉到谷底。終其一生都陪伴在伊傑契爾身邊的她，能感覺到現在他已經作出了決定——決定離開她，獨自結束一切。

「為什麼？」

珍妮特顫抖的細語從唇邊溢出。

「為什麼要這麼說呢？」

珍妮特展現出比剛才對伊傑契爾更殘忍、更脆弱的模樣，但他毫不動搖，聲音是如此堅定。

「不管我的心願能否實現，我都不會愛上妳。」

伊傑契爾向珍妮特低聲說出了如此殘酷的話語。

那一刻，一滴淚水沿著珍妮特的臉頰滑落。

「就像我和妳在一起時逐漸感到疲憊一樣，妳大概也是如此吧。」

如果她對他的愛少一些，她現在感受到的痛苦是否也會小一些呢？

「所以，就此結束吧。」

但這些想法全都毫無意義。珍妮特沒有放聲大哭，只是無助地不停流著眼淚。

「我是我，而妳是妳。」

伊傑契爾沒有擦去她的淚水。這是他第一次從需要他的人眼前轉身離去。

「我無法完全遵從妳的意願。」

這是他在十年前那個綻放著白色玫瑰的溫室中，未能說出口的話。

❖❖❖

之後，珍妮特躲避著他人的目光，漫無目的地行走著。從建築物離開後，冷冽的夜風颳過了她的臉頰。

——我無法完全遵從妳的意願。

伊傑契爾那比任何時候都冷靜的聲音在她耳邊迴盪。遵從我的意願？何曾有任何事是按照自己的意願？她從未真正得到過任何東西，伊傑契爾也是。但他卻將一切歸咎於她，彷彿是因為她，他才會感到窒息一樣。

珍妮特躲在陰影深處獨自哭泣，片刻後，她擦乾淚水轉身離開。但她不知道該前往何處。她真的有地方可以回去嗎？一想到這裡，她又忍不住落淚了。在她漫無目的地前進時，漆黑的夜空中逐漸浮現出點點星辰。

就這樣，珍妮特發現了站在月光下的克洛德。一看到他的身影，她的心臟立刻緊縮了起來。之前在庭院裡聽到的警告，此刻已從她的腦海中被徹底遺忘。

沙沙沙。

珍妮特不知自己在做什麼，她就像被什麼吸引般走向他。腳踩踏在草地上的聲音在寧靜的夜空中迴響。在克洛德轉頭望向她的那一刻，珍妮特摘下了束縛著自己的戒指，露出眼中隱微閃爍的寶石光輝。而後，她首次將一直深埋在心底的話語向面前的人傾吐。

「父親。」

剎那間，一道冰冷至極的目光銳利地將珍妮特穿透。

——《某天成為公主04》完

SU004

某天成為公主 IV

어느 날 공주가 되어버렸다

作　　者　Plutus
譯　　者　朱紹慈
封面設計　CC
封面繪者　SONNET
責任編輯　任芸慧
校　　對　葛怡伶

發　　行　深空出版
出 版 者　星巡文化有限公司
地　　址　臺北市中正區重慶南路一段 57號 3樓之 5
法律顧問　泓準法律事務所 孫瀅晴律師
電　　話　(02)7709-6893
傳　　真　(02)7736-2136
電子信箱　service@starwatcher.com.tw
官網網址　www.starwatcher.com.tw
初版日期　2025年 09月

總 經 銷　聯合發行股份有限公司
地　　址　新北市新店區寶橋路 235巷 6弄 6號 2樓
電　　話　(02)2917-8022

國家圖書館出版品預行編目(CIP)資料

某天成為公主/Plutus著. -- 初版. -- 臺北市:
星巡文化有限公司出版:深空出版發行, 2025.09
冊; 公分
ISBN 978-626-74126-1-9 (第 4 冊:平裝). --
862.57　　114005727